しっかりと抱きしめられ、ノエリアは息を呑む。
濡れた身体に感じる、彼の温もり。
吐息が感じられるくらい、密着している。

ライード
アル
ノエリア

セリノ
カミラ

やがて森が開けて、見晴らしの良い丘に出る。
「わぁ……」
眼前に広がる景色に、
ノエリアは思わず感嘆の声を上げていた。

冷遇されるお飾り王妃になるはずでしたが、
初恋の王子様に攫われました！
櫻井みこと Illust. 古都アトリ

Contents

イラスト◆古都アトリ
デザイン◆モンマ蚕＋タドコロユイ（ムシカゴグラフィクス）
編集◆庄司智

プロローグ

ノエリアは豪華な細工が施された椅子に腰をかけ、静かに目を閉じていた。

沈みゆく太陽が緋色《ひいろ》の光となって窓から入り込み、その姿を照らし出す。

明るい金色の髪が、細い身体《からだ》を守るように包み込んでいる。

白い肌に映える緋色のドレスを身に纏《まと》った彼女は微動だにせず、その様子は贅《ぜい》を尽くしたこの部屋の中でも、一番美しい置物のようだ。

だがその静寂を打ち破るように、暖炉の中で燃えていた薪が爆《は》ぜた。

高級な調度品と、人形のように美しい彼女が作り出していた調和を乱したその音に、ノエリアはびくりと身体を震わせ、ゆっくりと目を開く。

その濃紺色の瞳には、深い悲しみの色が宿っていた。

(どうしてこんなことに……)

思い出しているのは、昨日、王城で開かれた夜会でのことだ。

イースィ王国の王太子ソルダの婚約者だったノエリアは、その夜会で婚約破棄を言い渡されていた。

しかも、王太子の親しい友人である伯爵令嬢を虐《いじ》めたという、まったく身に覚えのない罪で。

ネースティア公爵令嬢であるノエリアは、母が隣国であるロイナン王国の王家の血を引いており、多くの貴族の中でもとくに高貴な血筋だった。

病で早世してしまった母によく似たノエリアを、父と兄は過保護なくらい大切にしてくれた。だからか、やや世間知らずでおっとりとしている。

そんなノエリアが、あの自信に満《み》ち溢《あふ》れていて気の強い伯爵令嬢のリンダを虐めるはずがない。

それは婚約者だった王太子も、よく知っているはずだ。

冤罪《えんざい》であることは、誰の目にも明らかだった。

それなのに、突然のことにうろたえるノエリアを庇《かば》ってくれる者は誰もいなかった。助けを求めるように周囲を見回しても、今まで親しくしていた友人達《たち》は遠巻きにこちらを見ているだけ。

どうしたらいいのかわからず、逃げるように屋敷《やしき》に戻ってきたノエリアに事情を説明してくれたのは、四歳年上の兄セリノだった。

金色の髪に、鮮やかな緑色の瞳。

ノエリアと同じく隣国の王家の血を引く兄は、そのロイナン王国の王位継承権も持っている。八年前にロイナン国王が亡くなったときは、次期国王として兄の名を挙げる者もいたくらいだ。

あの夜会の日。

仕事で遠方に向かっていた兄は、おそらく向こうで婚約破棄のことを聞いたのだろう。

よほど慌てて帰ってきたようで、端正な顔に疲労の色を濃く滲《にじ》ませながら、困惑しているノエリアを優しく慰めてくれた。

「お兄様。私……」

「ノエリア、かわいそうに。今回のことは、お前にはまったく非のないことだ」

そう言って、金色の髪を撫《な》でてくれる。

「ソルダ殿下は、どうしてあのようなことを」

兄の背に手を伸ばし、涙ながらそう訴えたノエリアは、兄がまだ外出着であることに気が付いた。よほど急いで駆け付けてくれたのだろう。

「お兄様、心配をかけてしまってごめんなさい。着替えをして、少し休んでください。私なら大丈夫ですから」

慌てて涙を拭って微笑《ほほえ》んだノエリアに、兄は首を振る。

「俺のことなど気にしなくてもいい。ずっと泣いていたのだろう？　目が赤くなっている」

「お話を聞くのが怖いの」

どうあっても休んでくれそうにないと悟ったノエリアは、そう言って怯《おび》えたような顔をしてみせた。

「お兄様が着替えをして落ち着くまでには、覚悟を決めます。だから、少しだけ時間をください」

そう懇願したのだ。

きっと兄ならノエリアの希望を優先してくれるはずだ。

「……わかった。話はまた後にしよう」

予想通り、兄はそう言い、この部屋を出ていく。

その後ろ姿を見送って、ほっと息を吐く。

（よかった……）

少しでも休めれば良《い》いと思うが、兄は自分の部屋には戻らないかもしれない。あれほど急いで帰還したのは、ノエリアのことだけが原因ではないだろう。

だが、こうして兄の顔を見て、優しく抱きしめてもらったことで、ノエリアの心も先ほどより落ち着いていた。

そうすると、ただ悲しいだけだったあの事件のことも、少しずつ理解することができるようになっていた。

王太子ソルダに疎まれたのはノエリア個人ではなく、このネースティア公爵家ではないか。

彼の態度や言葉で、ノエリアも日ごろから何となくそれを感じ取っていた。

このイースィ王国と、隣国のロイナン王国の両方の王家の血筋であり、膨大な資産と権力を持つネースティア公爵家。

その娘であるノエリアを王太子妃にして公爵家を手中に収めようとした国王陛下とは違い、ソルダは公爵家のことを、王家を脅かす存在として敵視している。

けれど、まさか冤罪で婚約を破棄するとは思わなかった。

兄はノエリアのせいではないと言ってくれたが、誰よりも王太子に近い位置にいながら、彼の思惑を読み取れなかった自分に非がある。

しかも、突然のことに対応しきれずに、逃げ帰ってしまったのだ。

（間違いなく、私のせいだわ）

ノエリアは俯《うつむ》き、膝の上に置いた手を強く握りしめた。

昔から、怒鳴り声や人の争う姿が嫌いだった。

しかもただ嫌いなだけではなく、恐ろしくて震えてしまうほどである。

特に男性の怒鳴り声には、ひどく怯えてしまう。

どうやら幼い頃に何らかの事件に巻き込まれたことが原因らしいが、ノエリアは詳細を覚えていない。

まだ小さかったから仕方がないと兄は言ってくれたが、今回も王太子の怒鳴り声がとても恐ろしくて、あの場から逃げ出すことしか考えられなくなっていた。

そんなノエリアの行動が、ネースティア公爵家の立場をさらに悪化させてしまったのは間違いない。

（お父様とお兄様に、謝罪しないと……）

ノエリアは立ち上がり、侍女が止めるのも聞かずに部屋を出て、兄の後を追った。

広い廊下に、ノエリアの小柄な影が映る。

いつのまにか太陽は沈み、広い廊下に置かれたランプには火が入れられていて、淡い光を放っていた。

ふと視線を窓の外に移してみれば、ついさきほどまで赤く染まっていた空は、もう藍色になっている。

この色が空を彩るのはほんの一瞬のことで、こうして見つめている間にも深い闇に変わっていく。

　夜風が窓枠を揺らし、かたかたと音を立てた。

　代々受け継がれてきたこの広大な屋敷は、外見こそ華やかだが、見えないところで少しずつ老朽化している。兄の代になれば、そろそろ建て直しが必要になるかもしれない。

　急ぎながらそんなことを考えていたノエリアは、ふと応接間から聞こえてきた声に、思わず足を止めた。

「断ることはできないのですか？」

　兄の声だった。

　普段は父も兄も温厚で、ノエリアの前で怒った姿を見せたことなど一度もないくらいだ。それなのに聞こえてきたその声には、隠し切れない苛立《いらだ》ちが含まれていた。

（……お兄様？）

　いったい何があったのだろう。

　答える父の声は小さく、ここまで聞こえてこない。だが兄はさらに苛立ちを募らせたらしく、机を叩《たた》くような音がした。

「しかし父上！」

「！」

　その音と兄の声に、ノエリアはびくりと身体を震わせる。

「ノエリアと王太子殿下の婚約破棄は、完全に王太子殿下の独断だ。けれど、公にしてしまったからには仕方がないと、最後には国王陛下も同意していた」

「そう見せただけでしょう。あの王太子殿下が、単独でそこまでできるとは思えない」

ようやく父の静かな声が聞こえてきたが、反論した兄の言葉にノエリアは息を呑《の》んだ。

王太子と違い、いつも優しく接してくれた国王陛下。

それもすべて、ノエリアが利用価値のあるネースティア公爵家の娘だからに過ぎない。

そんなことはわかっていたはずなのに、あの婚約破棄に国王陛下が関わっていたと聞くと、足が震える。

「ノエリアをロイナン王国の国王陛下に嫁がせるために、王太子殿下との婚約を破棄する必要があった。むしろ王太子殿下は、国王陛下の手の者に唆《そそのか》されて、これほどまでに事を大きくしたのでしょう」

けれどそのあとに続いた兄の言葉は、そんな衝撃さえ忘れ去るほどのものだった。

（私が、ロイナン王国の国王陛下に？）

ノエリアは動揺した心を静めるように、ゆっくりと深呼吸をした。そうして、この結婚の意味を考えてみる。

普通ならば、国王が未婚のまま即位することはほとんどない。

王太子のときから婚約者が定められ、遅くとも即位に前後して結婚式を挙げる。

だが今のロイナン国王は、もともと王太子ではなかった。八年前にある事件が起きて、急遽《きゅうきょ》即位した王だった。

ノエリアのこの結婚話に、その事件が関わっていることは間違いない。

ロイナン王国の国王夫妻と王太子、さらにその国を訪問していたイースィ王国の第三王女カミラが、馬車の事故で亡くなってしまったのだ。

イースィ王国には、海がない。

雄大な海の景色を見てみたいと言った王女を、国王自ら海辺の離宮に送り届けてくれる途中の事故だったと聞いている。

カミラ王女は、十九歳になったばかりだった。

その日は悪天候ではなかったが、馬車は道を外れて海に落ちて大破した。何日も捜索が行われたが、ひとりの遺体も見つけられなかったほどの大事故だった。

国王一家と、隣国の王女が亡くなってしまったのだから、当然ながら大騒ぎになった。

そしてロイナン王家の血を引く兄のセリノにとって、この事件は他人事《ひとごと》ではなかった。王太子も一緒に亡くなってしまったので、誰が亡き国王の跡を継ぐかという問題に、巻き込まれてしまったのだ。

ロイナン王国では王になれるのは男性だけなので、ノエリアは関係がないように思えるが、ふたりの母はロイナン王国の王族であり、かなり直系に近い血筋だ。

だから兄を国王にしてはどうかという話や、ノエリアを妻にした者が王位を継いではどうかという話も出たらしい。

だが当時、兄はまだ十三歳だったし、ノエリアにいたっては九歳だった。

母はもう亡くなっていた。父も、公爵家の跡取りである兄を手放すつもりはなかったようだ。ノエリアも王太子との婚約話が持ち上がり、その話は立ち消えになった。

決定するまでかなり揉《も》めた様子だったが、結局は、祖母が王族の血を引いているという今の国王が即位することになった。

そんな経緯があって、今のロイナン国王よりも、兄やノエリアのほうが王家に近い血筋を引いていることになる。

そのノエリアが、王太子に婚約を破棄された。

それを聞きつけて結婚を申し出たにしては、早すぎる。

やはり兄の言うように、ロイナン王国の国王がノエリアを望んだから、婚約を破棄したのだろう。

どうして今さら、とノエリアはさらに考えを巡らせる。

現在のロイナン国王陛下は、即位してから八年にもなる。父と同じ年頃なのだから、当然妻もいたはずだ。だが、わざわざ王家の血を引くノエリアを妻に迎えるのだから、側妃としてではないのだろう。

即位から八年も経過した今になって、妻を離縁してまで、急遽正統な血筋の正妃を迎える必要に駆られたのはなぜか。

（今になって考えを変えたのは、そうせざるを得ない事情があったとしか……）

だが、ノエリアはイースィ王国の王太子の婚約者だった。

いくらロイナン国王が望んでも、イースィ王国としては王太子の婚約者を差し出すわけにはいかない。

だからこそ、あの冤罪による婚約破棄だったのだ。

それに、国同士の取引があったとしても、そこにソルダの意向がまったく含まれていなかったとは思えない。

ノエリアに婚約破棄を告げたときの王太子の顔には、隠しきれない喜悦の色が浮かんでいた。疎ましく思っていたネースティア公爵家の娘であるノエリアを貶《おとし》め、婚約破棄を突き付けたのだ。さぞかし嬉《うれ》しかったことだろう。

「私達が、ノエリアを差し出すような真似《まね》をするとでも？」

「……っ」

兄の怒りに満ちた声に、凍りついた。

たとえそれが愛する兄であっても、ノエリアのために怒ってくれているとわかっていても、その怒りはやはり恐ろしい。

「国王陛下は、ロイナン国王はお前を、自分を脅かす存在だと思っていまだに恐れているのではないかと仰《おお》せだ。今日の襲撃は、おそらくロイナン国王の手の者だと」

「……それは」

襲撃という言葉に、ノエリアは息を呑む。

兄が急いで帰宅したのは、ノエリアが婚約破棄されたという話を聞いただけではなく、外出先で襲撃に遭ったからなのか。

疲れ果てた顔をしていたのも、それが原因かもしれない。

父と兄の話し合いは続いている。

その会話から、父の苦悩が伝わってくるようだ。

ノエリアは、優しい父の姿を思い浮かべる。

母は黒髪だったから、ノエリアと兄の金色の髪は父譲りだ。だがふたりの顔立ちは母によく似ている。美しい兄妹《きょうだい》とは違い、見た目は鋭利な印象を与える父だが、性格は穏やかで優しい。

今でも母を愛し、ノエリアと兄を何よりも大切にしてくれている。

しかしロイナン国王が兄の命を狙っているかもしれないと聞けば、ノエリアだっていつまでも泣いてはいられない。

（私がロイナン国王陛下に嫁げば、すべては解決する）

ノエリアは、そっと応接間の前から離れた。

そのまま兄の部屋に向かい、不在であることを確認してから、自分の部屋に戻る。

兄の後を追って部屋を出たノエリアは、兄の部屋に向かい、不在だったので戻ってきた。侍女達もそう認識したはずだ。

こうしておけば、父と兄はノエリアが今の話を聞いていたとは思わないだろう。

第一章　奪われた花嫁

それからしばらくして、ノエリアは冤罪《えんざい》であったと発表された。

国王陛下からの使者がノエリアのもとを訪れ、謝罪の言葉を伝えてくれたのだ。

今回の件は王太子の独断であり、伯爵令嬢のリンダが主犯だということだ。

（そういうことに、なったのね）

ノエリアは王太子の隣で得意げに笑っていた、リンダの顔を思い出す。

婚約破棄は王太子の独断でも、最後に国王陛下はそれを認めた。だから今度はふたりの婚約を認めてもらうつもりだったのだろう。

けれど、それは不可能だった。

リンダの生家である伯爵家は歴史も浅く、当主もあまり良《い》い話を聞かない。

兄が言っていたように、この婚約破棄がノエリアをロイナン王国に嫁がせるための作戦ならば、国王陛下はそのために、リンダを利用したにすぎない。

リンダは、公爵令嬢であり王太子の婚約者であったノエリアを陥れた罪を問われ、生家の伯爵家は爵位を剝奪《はくだつ》されていた。王太子はリンダを守ろうと奔走したようだが、すべて徒労に終わったようだ。

そんな彼もまた、ノエリアと同じく国王陛下の駒に過ぎないのだろうか。

そう思うと、一度は望みがすべて叶《かな》ったと思っていただろう王太子のほうが哀れに思えてくる。

国王陛下の許可を得て、ノエリアとの婚約を破棄したはずなのに、いつのまにか伯爵令嬢に籠絡され、冤罪で婚約者を断罪した無能な王太子と囁《ささや》かれているのだから。

そして王家の血を引く男子は、彼ひとりではない。

母親の違う弟がひとりいて、その生母である愛妾《あいしょう》を、国王陛下はとても寵愛《ちょうあい》していると聞く。

王太子交代も間近かもしれないと、噂《うわさ》されているようだ。


ノエリアは冤罪であることが証明されたその翌日、父のもとを訪れることにした。

おそらく国王陛下から、ノエリアとロイナン王国の国王陛下との縁談を正式に伝えられているだろうに、父はいまだにその話をノエリアにしようとしない。

ノエリアにそんな結婚を強要したくないと思っていても、これは国王陛下の命令だ。臣下として逆らうことは許されない。

きっと父も苦悩し、迷っているのだろう。

けれどあまり拒絶していては、反意を抱いているのではないかと疑われる可能性もある。

王太子だけではなく、ネースティア公爵家を蹴落としたい者はたくさんいる。

この日は天候が悪く、朝から雨が降っていた。

強い雨音が天井から響き渡り、周囲の物音さえよく聞こえない。窓を叩《たた》く雨の強さに思わず足を止めた途端、雷鳴が鳴り響く。

ノエリアはその音に、びくりと身体《からだ》を震わせた。

母が亡くなったのも、こんな雷の日だった。

轟《とどろ》く雷鳴に、小さくなって身体を震わせていたことをよく覚えている。

そのときの記憶が甦《よみがえ》り、ノエリアは固く目を閉じた。

（お母様……。どうか私に、お兄様と公爵家を守る勇気を与えてください……）

そう静かに祈りを捧《ささ》げる。

それから決意をあらたに、父の部屋に向かった。

侍女が開けてくれた扉を通り、書斎にある机に向かっていた父に挨拶をする。

「お父様。今回の件ではご迷惑をお掛けしてしまい、申し訳ございません」

ノエリアは悲しそうに言うと、深々と頭を下げる。

「私がもっとしっかりと対処していれば、あのようなことにはなりませんでした」

父は何かを言いかけたが、何も言わずにノエリアを抱きしめてくれた。

その温《ぬく》もりに、ふいに泣き出しそうになる。

誰とも結婚せず、この家で父と兄と暮らせたら、どんなに幸せだろう。

それでも勇気を振り絞って、決めていた言葉を口にした。

「王太子殿下が公の場で婚約破棄を宣言なされた以上、冤罪だったと証明されても、私はもう殿下の婚約者には戻れないでしょう。いつまでもこの家に居座って、お父様とお兄様にご迷惑をお掛けするわけにはいきません。私は家を出て、修道院に入ろうと思います」

静かにそう告げた。

「ノエリア」

父は驚いた様子で、腕の中にいる娘を覗《のぞ》き込《こ》む。

「何を言う。お前を修道院に行かせたりしない」

修道院に入るということは、すべてを捨てて神に仕えるということだ。

ノエリアは公爵令嬢でなくなるのはもちろん、俗世での縁をすべて切らなくてはならない。もう二度と、父と兄にも会えなくなる。

「ですが、お父様。私はもう公爵家の娘としては、役立たずになってしまいました。それならば神の御許《みもと》で、お父様やお兄様、そして領民達《たち》の幸せを祈りたいと思っています」

「……」

父は苦悩の表情をしたまま、しばらく何も言わなかった。

修道院に入ると告げたのは、こう言えば父が、隣国の国王陛下との縁談について話してくれると思ったからだ。

ノエリアは国王陛下の命で縁談が決まっているのだから、修道院には入れないのだ。

父が苦悩しているのがわかるだけに、心が痛む。

（お父様、ごめんなさい。でも私は、お兄様と公爵家を守りたいの）

沈黙が続いたあと、父は大きく息を吐いた。

「ノエリア。実はお前に新しい縁談がある」

「……本当に？」

顔を輝かせて、嬉《うれ》しそうに、ノエリアは父を見た。

うまく笑えているだろうか。

「王太子殿下に婚約破棄された私を、どなたが？　もしかして、他国の方ですか？」

「ああ、そうだ」

父は覚悟を決めたようで、とうとうノエリアに縁談の話をしてくれた。

「ロイナン王国の国王陛下が、お前を正妃として迎えたいとのことだ」

「え？」

ノエリアは不思議そうに首を傾《かし》げる。

「ですが、ロイナン国王陛下は、ご結婚なされていたはずです」

「その女性とは、離縁されるそうだ」

もともと国王が傍《そば》に置いている女性は愛妾であり、正妃は不在である。このところ、その愛妾も体調を崩して王城から辞しているので、正式に離縁することにした。だから新しく正妃を迎える必要があるのだと、父は語った。

どうやら向こうでは、そういう筋書きになっているようだ。

「それで、私を？」

「そうだ。お前も知っているように、八年前に不幸な事故があった。そこで、少しでも王家に近い血筋を求めているようだ」

やはり、そうなのだ。

けれど、結婚するはずだった王太子だって、ノエリア個人などまったく見ていなかった。ネースティア公爵家の娘というだけで毛嫌いし、傍に寄せ付けなかったのだ。

それと、どれほどの違いがあるというのだろう。

「……わかりました。他国とはいえ、お母様の母国ですもの。それに、もう修道院に入るしかないと思っていた私がお役に立てるのであれば、喜んで向かいます」

だから、笑顔でそう言った。

「……そうか」

ノエリアの覚悟を知った父は短くそう答えると、目を閉じた。

沈黙が続く。

「お父様。私なら大丈夫です。たとえ他国に嫁ぐことになったとしても、しっかりと自分の役目を果たします」

自信などまるでなかった。

でもあえてそう言ったのは、父を安心させたかったからだ。

今までは父と兄が守ってくれたが、嫁いでしまえばもうふたりを頼ることはできない。それが隣国とはいえ、他国ならなおさらだ。

だとしたら不安を口にして余計な心配をかけてしまうよりも、笑って大丈夫だと言いたかった。

「情報は、武器になる。お前にはすべてを話そう」

そんなノエリアの覚悟を受け取ってくれたのか、父は、今のロイナン王国の状況を細かく話してくれた。

「まずロイナン国王だが、やや強引で独裁的な部分があるようだ。国王に即位する前から彼は、目的を果たすためならば手段を選ばないと言われていて、あまり評判の良い男ではなかった」

「そうですか」

ノエリアは父の言葉に、なるべく表情を変えないようにして頷《うなず》く。

だが内心は穏やかではいられなかった。

（そんな人が、私の夫になるの？）

父も兄も温厚で、いつもノエリアを優しく大切にしてくれる。

他の男性を知らないノエリアにとって、そんなロイナン国王はとても恐ろしい男に思えた。

そもそも自分よりも王家の血を濃く引いているというだけで、兄を襲撃するような男なのだ。

だがそんな怯《おび》えを父に悟られてはいけない。

震える手を押さえつけるように固く握りしめ、思案顔で首を傾げる。

「そんな方が急に血筋を気にするなんて、よほどのことがあったのでしょうか」

「そうだな。まず一番に、今のロイナン王国の治安がとても悪いことが挙げられる」

「治安。ロイナン王国が、ですか？」

すぐには信じられなくて、ノエリアは父の言葉を繰り返す。

あの国は、とても美しく豊かな国だったはずだ。

ノエリアの戸惑いに同意するように、父も深く頷いた。

「にわかには信じがたかったが、国境近くに盗賊が多数、出没しているようだ。それがどうやら手練《てだ》れらしく、国境を警備する騎士と何度もやりあっているが、いまだに殲滅《せんめつ》することはできないらしい」

「盗賊……」

今度こそ堪《こら》えることができなくて、ノエリアは震える肩を両手で抱きしめた。

大きな声を出されるだけでも恐ろしいのに、騎士と盗賊達が激しく戦っていると聞いて、血の気が引く思いだった。

それなのに、その国境を通って嫁がなければならないのだ。

「ノエリア」

父は、震えるノエリアを慰めるようにして手を握ってくれた。

「大丈夫だ。お前のことは、イースィ王国とロイナン王国の騎士達が、しっかりと守ってくれるだろう。それにロイナン国王も事態の収拾を図っているようだ。じきに制圧される」

「……はい。お父様。私は大丈夫です。お話を続けてください。どうして治安が乱れていることが、ロイナン国王が血筋を気にしていることに繋《つな》がるのでしょうか」

父の温もりに心が落ち着き、ノエリアはさらに尋ねた。

少しでも情報を得なければならない。

「その者達は、どうやらただの盗賊ではないらしい。ロイナン国王の存在を揺るがすような、不利な噂を立てているらしい」

「不利な？　それはどういう……」

「詳しい話はけっして漏らさないように、情報統制を敷いているらしい。盗賊達からその噂を耳にした者は、ただちに拘束されている。それくらい徹底しているようだ」

「そんなに……。それだけ、ロイナン国王にとっては都合の悪い噂だということでしょうか」

「おそらくそうであろうな」

ロイナン国王が、王家の血をあまり濃く継いでいないことに関係があるのかもしれない。だからこそ彼は今までの考えを変え、正妃を愛妾だと言って離縁してまで、王家の血を受け継ぐノエリアを妻に迎えようとしているのだ。

（王家の血を引く女性を正妃にして、自らの地位を揺るぎないものにしようとするのはわかる。でも……）

噂を聞いてしまっただけで拘束するような情報統制は、さすがにやりすぎだと思う。そんなことをしたロイナン国王は恐れられ、ますます国は乱れるだけではないか。

それを口にすると、父は苦々しい表情で頷く。

「その通りだ。セリノは、そんな国王にお前を嫁がせるわけにはいかないと、どうしてもこの話を受け入れたくないようだ」

（お兄様……）

兄の愛情は、不安と恐怖に震えていたノエリアの心を優しく包み込んでくれた。

そんな恐ろしい男に目を付けられている兄を、守らなくてはならないと、心を奮い立たせる。

「ですが、私はもう修道院に入るしかないと思っていたのです。こんな私でもお役に立てるのであれば……」

ノエリアは笑顔でそう言う。

手が震えないようにきつく握りしめていることを、父に悟られないようにと願いながら。

それからしばらくして、ノエリアは婚約者であったソルダが王太子を辞して、王城を出たと知らされた。

母親の実家である侯爵家に、身を寄せているそうだ。

彼には忠実な配下や親しい友人が大勢いたが、王太子ではなくなった途端、ひとりも残らなかったらしい。

愛するリンダとも引き離され、茫然自失《ぼうぜんじしつ》としていると聞いた。

実の父親によって捨て駒にされてしまったことを思うと、さすがに同情する気持ちもあるが、彼とはもう二度と会うこともないだろう。

ノエリアは、ロイナン王国に嫁ぐのだから。

これから先のことを考えると、怖くて心細くて、どうしたらいいのかわからなくなる。

それでも容赦なく時間は過ぎていく。

結婚の準備も、着々と進んでいることだろう。

ノエリアは部屋の窓から空を見上げた。

明るい陽射《ひざ》し。

空は晴れ渡っていて、今日も良い天気だ。

けれど上を向いた途端に眩暈《めまい》がして、その場に倒れてしまいそうになる。

「ノエリア！」

床に崩れ落ちる寸前、誰かがしっかりと支えてくれた。

侍女ではない、力強い腕。

驚いて目を開けると、心配そうな顔をした兄が覗き込んでいる。

「お兄様……」

兄を見た途端、涙が溢《あふ》れそうになって、ノエリアは慌てて視線を逸《そ》らした。

「ええと、昨日の夜、本を読んでいたらつい夜更かしをしてしまって。寝不足になってしまったの。もう大丈夫だから……」

兄はノエリアが本好きだということをよく知っているので、こう言えば大丈夫だと思っていた。

だからそう言い訳をして離れようとしたのに、兄はノエリアを抱いたまま立ち上がった。

「きゃっ、お兄様！」

ふわりと浮き上がる身体。

慌てて逃れようとしたが、見た目に反して力強い兄の腕は、けっしてノエリアを離してはくれない。

「離してください！　私は大丈夫ですから」

そう必死に訴えても、聞き入れてくれなかった。

「そんな顔色で、大丈夫だとは思えないよ。食事も部屋に運ばせるから、今日一日、ゆっくりと休みなさい」

「でもお父様が心配するわ。だから下ろして。朝食が終わったら、きちんと休むから」

必死にそう言ったが、いつも妹には甘いはずの兄が、まったくノエリアの言葉を聞き入れてくれなかった。抱き上げられ、そのまま寝室に連れて行かれてしまう。

「お兄様！」

何とか兄を止めなければと、声を張り上げる。

兄は、抱きかかえていたノエリアの身体を寝台に座らせると、その傍に座り、妹の肩をそっと抱き寄せる。

「泣いていたね？」

優しい声だったが、否定することを許さないような、強い口調だった。

ノエリアはどう答えたらいいのかわからず、でも嘘《うそ》を吐《つ》くこともできなくて、こくりと頷く。

昔からどんなに隠し事をしても、兄にだけは見抜かれた。

「理由は？」

「結婚が決まったからには、もう子どもではいられないと思って。少し寂しくなってしまっただけなの」

そう告げると、兄の手が優しくノエリアの髪を撫《な》でる。

「そうだな。いくら家族でも、いつまでも一緒にいることはできない。それくらい、俺もわかっている」

静かな兄の言葉に、こくりと頷く。

「だがノエリアが不幸になるなら、こんな結婚は許さない」

「お兄様？」

今まで優しく髪を撫でてくれていた手が、強く握り締められている。

ノエリアは驚いて兄を見た。

優しく穏やかな兄が、こんなにも感情を昂《たかぶ》らせているところを見るのは、これで二度目だ。

「でも私の結婚は、イースィ国王陛下からの命令で……」

父でさえ受け入れることしかできなかった。それを、兄が変えることができるとは思えない。

（お兄様、何を……）

兄は何かを決意してしまった。

ノエリアは、必死に考えを巡らせて、それが何かを知ろうとした。

（私がロイナン国王に望まれたのは、この血筋のため。今のロイナン国王よりも、王家の血が濃いから。でもそれは、お兄様も同じ……）

現に八年前、兄をロイナン国王にという声も上がっている。

あのときとは違い、兄は二十一歳になった。

そして、父に聞いたロイナン王国の内情。

国内が落ち着いていない今の状況で、もし兄が声を上げれば、賛同する者がいる可能性がある。

もしそうなれば。

（私の結婚はなかったことになるかもしれない。でも……）

ロイナン国王は、今度こそ兄を抹殺しようとするだろう。

「お兄様、私は少し驚いただけよ」

だから笑顔でゆっくりと、昂った兄の心を宥《なだ》めるように穏やかに言う。

「まだまだ先のことだと思っていたから。でも、来年になったら私も十八歳になるわ。この結婚がなかったとしても、もう子どもではいられない。だから、心配しないで」

結婚が悲しいのではなく、家族との別れが少し悲しいだけ。

そう繰り返すと、兄はようやく頷いてくれた。

「……わかった。だが、お前が本当にもう無理だと思ったら、すぐに言え。必ず迎えに行く」

真摯な声。

怖いくらいに真剣な顔に、不安だったノエリアの心が宥められていく。

きっとこれから何があっても、兄と父だけは無条件で味方になってくれる。そう信じることができた。

「ありがとう、お兄様。とても心強いわ」

心からそう言うと、兄もようやく少し、表情を緩めたようだ。

とにかく今日はゆっくりと休むようにと言われ、素直に受け入れる。

「無理はするな。何かあったら、すぐに呼べ」

兄はノエリアの髪をもう一度優しく撫でてそう言うと、静かに部屋を出ていく。

(お兄様……)

その後ろ姿を見送って、目を閉じる。

もう、何があってもこの結婚を断ることはできない。

もしノエリアがこの結婚を拒めば、ロイナン国王にとって兄の存在が脅威になる。

今も正統な血筋を持つノエリアを必要としているくらいだ。きっとロイナン国王も、八年前のことを忘れていない。

目的のためには手段を選ばないというロイナン国王から兄を守るためにも、あの国に嫁ぐ必要がある。

(この結婚は、お兄様を守るため)

その決意を、繰り返し胸に刻む。

(私では力不足かもしれない。でもロイナン王国にも国王陛下にも、できるだけのことはしよう)

政略結婚とはいえ、一国の王妃になるのだから、きちんと役割を果たさなければならない。

そう決意したノエリアは、翌日から嫁ぎ先であるロイナン王国について本格的に勉強を始めた。

母の祖国であり、幼い頃から縁のあった国のことなので、言語に関しての問題はない。ロイナン王国で育った者と同じように話せるし、書くこともできる。

それでも、少しの間違いが大きな誤解を招くかもしれない。

そう思ってロイナン王国から教師を派遣してもらい、色々と教わることにした。

語学はもちろん、歴史や宗教、法律など。

さらに礼儀作法などこの国とは違うこともあり、覚えることは山積みだった。

あまりにも頑張り過ぎて熱を出してしまい、父と兄を心配させてしまったこともあった。

だがロイナン国王は、ノエリア自身にはまったく興味がないらしい。

正式に婚約者になっても贈り物ひとつなく、教師を派遣してもらったことに対する礼状にも返答がない。

結婚が決まったあと、婚約者となった女性に贈り物をしたり手紙を送ったりするのは、イースィ王国だけではなく、この大陸では多くの国で見られる貴族の風習だった。

それをまったく無視しているロイナン国王に兄は憤慨していたが、ノエリア自身は、いっそここまで無関心だと清々《すがすが》しいくらいだった。

最初から何も期待していなければ、傷つくこともない。

それでも結婚式に向けての準備は着々と進んでいるらしい。

盗賊達を一掃しようと、国境付近ではかなり激しい戦闘が繰り広げられているようだ。

旅を不安に思うノエリアのために、侍女がそう話してくれた。盗賊達がいなくなれば、安全に国境を通り抜けることができる。

でもそんなに激しい戦闘が起きた場所を通らなければならないのは、やはり恐ろしかった。

それでも、もう後戻りはできない。

どんなに忙しくとも、毎日必ず顔を出してくれる父。

兄は、何度もノエリアのもとを訪れ、何か困っていることはないか、不安に思うことはないかと何度も尋ねてくれた。

そのたくさんの愛情が、不安な心を優しく慰めてくれる。

母のお墓にも、父と兄と一緒に行った。

母の祖国に嫁ぎ、王妃になることを報告しながらも、もし母が生きていたら、この結婚をどう思っただろうかと考える。

「ノエリア」

勉強が終わったあと、侍女にお茶を淹《い》れてもらって寛《くつろ》いでいると、兄が部屋を訪れた。

ノエリアは立ち上がり、扉のところまで移動して、兄を迎え入れる。

ここ最近はずっと、ノエリアが休憩を取っている時間に様子を見に来てくれていた。

侍女に兄の分のお茶も淹れてもらい、ゆっくりとふたりで色々な話をした。

母の思い出。

幼い頃に遊んだこと。

懐かしそうに、それでも少し寂しそうに話をしていた兄は、ふと言葉を切った。

結婚式の半年ほど前に、ノエリアは準備や勉強のためにロイナン王国に向かう。

そして、それはもう数日後に迫っていた。

「もし、ロイナン王国で……」

しばらく考え込んでいた兄は、何かを言いかけて、途中で口を閉ざした。

「お兄様？」

ノエリアの結婚について、兄とは何度も話し合いをした。

自分の意志で嫁ぐこと。

もしこの婚姻が成立しなければ修道院に入ることを伝え、最後には兄もノエリアがロイナン王国に嫁ぐことを承知してくれたはずだ。

だから、今さら反対するとは思えない。

それでも兄の顔は、何かを思いつめているように思える。

「どうかなさったのですか？」

兄の腕に手を置き、覗き込むようにして尋ねると、兄は我に返ったようにノエリアを見た。

その瞳に宿る深い悲しみの色に、思わず息を呑《の》む。

見覚えがある。

母が亡くなったとき、兄はこんな目をしていた。

「ノエリア。よく聞いてほしい」

兄は、自分の腕の上に置かれていた、ノエリアの手をしっかりと握った。

「ロイナン王国は、まだ母上が生きていた頃、何度も訪れていた。でもノエリアはまだ小さかったから、あまり覚えていないと思う」

たしかに兄の言う通りだったので、こくりと頷いた。

「昔、ロイナン王国で、ノエリアはとても怖い思いをしたことがある。もしそのときのことを思い出してしまったら、すぐに連絡してほしい。必ず、ノエリアのもとに駆け付ける」

兄のその言葉に、ノエリアは目を見開く。

怒鳴り声や、争いを異様に怖がるようになってしまったきっかけのあの事件が、ロイナン王国でのものとは思わなかった。

父も兄も、ノエリアがその日のことを思い出さないようにと、今までその事件にはけっして触れなかった。

だが、ノエリアはそのロイナン王国に嫁がなくてはならない。

兄はその事件の記憶が蘇《よみがえ》ってしまうのではないかと、心配してくれたのだろう。

そんな兄に、ノエリアは明るい笑みを見せる。

「まったく覚えていないから、きっと大丈夫だと思う。でも、何か思い出したらすぐに連絡するわ」

「……ああ」

その返答に、兄は安心したように顔を綻《ほころ》ばせる。

兄が、父に何度も逆らってまでノエリアの結婚に反対していたのには、その事件のこともあったのかもしれない。

たしかに事件のことはまったく覚えていない。

けれど、おそらくその事件のときに感じた恐怖は、長年ノエリアを苛《さいな》み続けてきたものだ。その原因である国に、盗賊達と騎士達が激しく争った場所を通って向かわなくてはならない。

またひとつ、ロイナン王国に嫁ぐことに対する不安が増える。

それでもノエリアが微笑《ほほえ》みを絶やさなかったのは、兄の深い悲しみの表情を見てしまったからだ。

ひとりで隣国に嫁がなくてはならないノエリアもつらい。

だがけっして逆らうことが許されない国王陛下に、兄の安全を盾に娘を差し出すことを強いられた父も、幼い頃の事件を明確に覚えている兄もつらいだろう。

だから、無理にでも笑っていることにした。

そうすれば父も兄も、少しは安心してくれるに違いない。


そうして、いよいよこの国を旅立つ日がやってきた。

父や兄、縁戚などたくさんの人々に見送られ、大勢の騎士に守られて、ノエリアはとうとうイースィ王国を旅立った。

隣国までは、馬車で十日ほどの道のりである。

だがあまり遠出をしたことのないノエリアの身体を気遣って、日程は余裕を持って組まれている。馬車もかなり速度を落として走っていた。

それでも馬車酔いがひどくて、祖国に別れを惜しむ余裕もなかった。ただ目をきつく閉じて、揺れに耐えていた。

同乗していた侍女も護衛の騎士も心配そうに労《いた》わってくれたが、彼女達はロイナン王国との国境までしか同行することができない。

そこからはロイナン王国の騎士と侍女がノエリアに付き添うことになっている。

祖国や家族。そして、幼い頃から付き従ってくれた侍女と騎士。馴染《なじ》みのすべてと別れて、ノエリアは身ひとつで嫁ぐことになる。

寂しいし心細いが、母もそうやってこの国に嫁いできたのだ。母も通ってきた道だと思うと、励まされる思いがした。

やがて馬車は、国境に辿《たど》り着《つ》いた。

優しく気遣ってくれた侍女や騎士に別れを告げ、とうとうノエリアはロイナン王国に足を踏み入れた。

（今日からはこの国が、私の国になるのね……）

ロイナン王国とイースィ王国は、国土の広さも国力も大差なく、以前は交流も盛んだった。

歴史を辿れば、もとはひとつの国だったこともある。

だが今の国王になってからは、それも途絶えていたようだ。盗賊騒ぎなどもあったし、危険だからと隣国に渡る者が減ったのかもしれない。

ノエリアを待っていた馬車は、防犯のためかやや小さめで、窓も固く閉ざされている。

その馬車に、侍女の手を借りてゆっくりと乗り込む。手を貸してくれたロイナン王国の侍女は同乗せず、ノエリアはひとりきりだった。

（お父様……。お兄様……）

ひとりになると、途端に孤独が押し寄せてきた。

でも、もう後戻りはできない。

ノエリアは、戻ることはない祖国がこれからも平穏であるようにと、静かに祈りを捧げる。

馬車は、イースィ王国のものよりも速度を上げているようだ。

イースィ王国の王都から、このロイナン王国との国境までは十日かかった。

ここからロイナン王国の王城までは、何日の道のりなのか。

気になっていたが、馬車はなかなか止まらない。

イースィ王国の人達とは違い、ノエリアの体調を気遣ってくれることもなかった。

そのまま、どのくらい走っただろう。

やがて護衛の兵士に守られた馬車は少しずつ速度を落とし、ゆっくりと止まった。

どうやら、どこかの町に到着したようだ。

いつのまにか馬車の外も薄暗くなっている。

今日は、この町に宿泊するのかもしれない。

だがしばらく待っていても、誰も馬車の扉を開けようとしない。

（どうしたのかしら……）

ノエリアは耳を澄まして、外の様子を窺《うかが》った。

防犯上の理由があるのかもしれないが、何の説明もなく放っておかれると不安になる。こちらから声をかけようか迷っていると、ようやく馬車の扉が叩かれた。

ほっとして声を掛ける。

ひとりの侍女が迎えにきてくれたようだ。

無表情の侍女は、それでも恭《うやうや》しく礼をしながら、ノエリアが泊まる部屋の用意ができたことを告げてくれた。

頷いて馬車から降りると、すかさず護衛の兵士がノエリアを取り囲む。

警護のためだとわかっていても、武装した兵士に囲まれるとつい、びくりと身体を震わせてしまう。

そんな自分の臆病さを知られないように必死に押し込めて、彼らに笑みを向けた。だが護衛の兵士達は、ノエリアを見ようとせず、ただ周囲を警戒しているだけだ。

そんな彼らの様子に、まだこの国の盗賊問題が解決していないことを知る。

もしかしたら、今にも襲われるかもしれない。

そんな恐怖が沸き起こる。

ノエリアは背の高い兵士達の合間から、そっと町の様子を窺った。

注意深く視線を巡らせると、遠くに停泊している商船が見えた。

（……港？）

思わぬ光景に驚いて、ノエリアは足を止めた。そしてロイナン王国の地図を頭の中に思い描いてみる。

（国境から近い港町というと、ジャリアの町？　でも……）

国境からまっすぐに王都に向かうのなら、山越えの道のはずだ。もしここが本当にジャリアの町ならば、東側に大きく逸れていることになる。

「どうかなさいましたか？」

足を止めたノエリアに、先導していた侍女が振り返って尋ねる。

「ここはジャリアの町？　王都に向かう方向にある町ではないようだわ」

なるべく冷静にそう尋ねると、侍女は少し周囲を警戒するような素振りを見せる。そして性急な口調でこう言った。

「詳しいお話は、宿の中でさせていただきます」

「……わかったわ」

兵士だけではなく、侍女も緊張しているようだ。

たしかに外で話せる内容ではないと思い直し、ノエリアはそのまま、侍女に連れられて建物の中に入った。

入ってすぐにカウンターがある。無人だったが、そこには宿帳が置いてあった。

（ここは、宿屋なの？）

驚いて周囲を見回してみる。

あまり豪華ではない内装。生活感のある部屋。

どうやら、町にある普通の宿だと思われる。彼らはこの国の王妃になるノエリアを、ここに泊まらせようとしているのだ。

イースィ王国ではどの町でも歓迎され、その土地の領主が自ら出迎えてくれた。防犯の意味でも、町の中心にある宿屋に泊まったことなど一度もない。

聞かれるまで何の説明もしようとしなかった侍女といい、この国の人達はあまりノエリアに友好的ではないのかもしれない。

嫌われているのはイースィ王国か、それともノエリア自身なのかはわからない。

でもこの国での生活はなかなか前途多難のようだと、気付かれないようにそっと溜息《ためいき》をつく。

階段を登って案内された部屋は綺麗《きれい》で広く、居心地はよさそうだったが、心は晴れない。

さらに侍女の言葉が、ますます心を重くした。

「おっしゃる通り、ここはジャリアの町です。明日には、滞在なさる邸宅の準備が整いますので、本日はこの宿でお休みくださいませ」

「滞在……。この町に何日か逗留《とうりゆう》するということですか？」

「はい。国王陛下からそう仰せつかっております」

なぜまっすぐに王都に向かうのではなく、港町に滞在する必要があるのだろう。ノエリアはその説明を求めたが、侍女はただ国王陛下の御命令ですと繰り返し言うだけだ。

（そんな……）

ノエリアはロイナン国王の要請に応じ、この国の王妃になるためにここまで来たのだ。それなのに、王都から遠く離れた港町に留《とど》められるとは思わなかった。

(いくら政略結婚でも、私に関心がなくとも、この結婚は国同士の契約なのに……)

それが本当にロイナン国王の言葉なのかわからないのに、おとなしく従うのは危険だと思う。

ノエリアは侍女の言葉だけでは納得せず、護衛兵の責任者を呼び出して、説明を求めた。

その結果わかったのは、愛妾だと説明された国王の今までの妃《きさき》が、王城を離れずに居座り続けていること。そして他ならぬ国王が、それを許しているということだ。

「……そう」

その話を聞いて、ノエリアは俯《うつむ》いた。

(私だって、望んで嫁いできたわけではないわ。でも……)

本当は最初から、妻と離縁するつもりなどなかったのではないか。

ロイナン国王が国内の安定のために、王家の血を引くノエリアを妻に望んだことさえ、嘘だったのではないかという疑念を抱く。

そうだとしたら、ロイナン国王は何のためにノエリアに婚姻を申し入れたのだろう。

話を聞き終えたノエリアは、部屋にひとりになった。

(まさかこんなことになるなんて)

疲れていたが、眠る気になれず、ノエリアは窓から星空を眺める。

宿の入り口に見張りの兵士はいるが、それもふたりだけ。

この窓の周辺には誰もいない。

宿屋に入るとき、盗賊がいるかもしれないと警戒していたにしては、杜撰《ずさん》な警備だ。少し不安になったノエリアは、窓を施錠してからカーテンをきっちりと閉める。

海に近いこの町は、少し肌寒い。

でも暖炉には薪もないし、あったとしてもひとりで火を起こすことはできない。

先ほどのそっけない侍女を呼び出す気にもなれなかった。

寒さから身を守るために自分の肩を抱くようにして、ノエリアは寝台に腰を下ろした。

予定されている結婚式までは、あと半年ほどある。

それまで準備で忙しいと思っていたが、どうやらしばらくは、この町に滞在しなければならないようだ。


聞きなれない波の音で、よく眠れない日が続いた。

硬い寝台にも冷たいシーツにも慣れてきたが、あの波の音にだけは、いまだに慣れることができなかった。

特に天気の悪い日の海は荒れるので恐ろしく、寒さも厳しい。

最初から侍女達は素っ気なかったが、ノエリアが彼女の説明だけでは納得せず、護衛兵の責任者を呼び出したからか、ますます傍に寄りつかなくなった。

着替えと食事の支度だけはきちんとしてくれるが、ほとんど放置されているような状態だ。

さらに危険だから部屋から出ないようにと言われ、まるで幽閉されているかのような生活だった。

孤独と寒さ。そして、どうなるかわからない不安。それらに耐えるように、自分の両肩を抱いた。

ノエリアも、ただ無為に日々を過ごしていたわけではない。ロイナン国王に直接状況を説明してほしいと、何度も手紙を書いた。

だがこの港町に来てから十日ほど経過しても、返事は一度もこない。

あまりにも頻繁に返事を求めたせいか、そのうち侍女も、一度呼び出しただけでは部屋を訪れなくなってしまった。

(どうしたらいいのかしら……)

硬い寝台に座ったまま、低い天井を見上げる。

いっそ父に手紙を書いて相談しようかとも思ったが、両国のためにも、あまり事を荒立てないほうがいいと思いとどまった。

それに、こんなことが兄に知れたら大変なことになる。ノエリアがこんなふうに扱われていると知ったら、きっと激怒するだろう。

結婚式は、半年後の予定だ。

もしかしたら、その日までここに閉じ込められるのではないか。

そんな考えさえ浮かんできた。

(……この結婚は、ロイナン王国の国王陛下が望んだことだもの。きっと、そのうち迎えが来る

わ)

そう自分に言い聞かせる。

それでも時間は過ぎ去り、焦燥は募るばかり。

滞在するはずの邸宅の準備もまだ整っていないらしく、この宿でもう何日も過ごしている。

虚《むな》しい日々に、溜息の数だけが増えていく。

盗賊対策や、王城に居座っているという愛妾を説得するために忙しいのかもしれない。

けれど、すべてを事細やかに説明してほしいわけではない。ただきちんと国王自身の口から、こうなるに至った経緯を聞きたいだけだ。

だが、何度も送った伝言にも手紙にも、まったく返答がない。

もうこれ以上、どうしたらいいかわからなかった。

窓から外を眺めることしかできなくて、今日も狭い窓から外の景色を眺めていた。

すると、珍しく人影を見つけた。

どうやらこの町の住人が、海で魚を捕っているようだ。耳を澄ませていると、その会話が聞こえてくる。

王都では、王妃の誕生日を祝うために大規模なパーティが開かれたらしい。

人々の生活は苦しいのに、王族だけ贅沢《ぜいたく》に暮らしているなんて、という愚痴のようだ。

(王妃……。それって、ロイナン国王陛下の以前の……)

離婚に応じずに王城に居座っているという、ロイナン国王の今までの妻のことなのか。

彼女の説得に時間が掛かり、この港町に留められていると聞いていた。

それなのに彼女は王城で贅沢に暮らし、しかも誕生日パーティまで開催しているという。

もちろん、ロイナン国王の許可がなければできないことだ。

ロイナン王国の王妃になるために、時間を惜しんで勉強をしてきた。

けれど実際には、王都に入ることもロイナン国王に対面することもできずに、こうして港町に幽閉されている。

(もしかして私は……)

名ばかりの王妃。

ただのお飾りでしかないのだろうか。

本当の王妃はロイナン国王の今までの妻であり、いくら待っていても、彼女が王城を出ることはないのかもしれない。

血筋だけを求められていることはわかっていたが、まさかここまで冷遇されるとは思ってもみなかった。

聞こえてきた噂だけで問いただしても、型通りの返事しか返ってこないことはわかっていた。もう手紙を何度書いても、侍女にいつまで滞在するのか尋ねても、きっと何も変わらないのだろう。

それでも何かしていないと不安で、返事がないとわかりきっている手紙を書き続けるしかなかった。

この港町に幽閉されてから、どれくらい経過したのだろう。

もう日にちを数えることも嫌になって、ただ同じような毎日を送る日々。

この日の夜も、ノエリアは、寝台から抜け出して窓から夜空を見上げていた。

潮の匂いを孕《はら》んだ冷たい風が、部屋の中に吹き込む。

少し熱があるのか、火照った身体にはそれが心地好《よ》い。あまり寒さが得意ではないので、体調を崩してしまったのかもしれない。

公爵家にいたときなら、熱のあるときにこんなことをしていたら、侍女達は慌てて止めるに違いない。

父も兄も無理をしてはいけないと窘《たしな》めるだろう。それなのに今のノエリアはひとりきりで、こうして冷たい夜風に身をさらしている。

今までの自分がどんなに大切にされ、愛されていたのか思い知る。

もう二度と帰れない祖国が、たまらなく懐かしい。

唇を噛《か》みしめて夜空を見上げる。

そのとき。

窓の外から声が聞こえてきて、とっさにカーテンの陰に身を隠した。

こんな夜中に、誰だろう。

また町の人達かと思ったが、声は宿の敷地《しきち》内からだ。

「もう、嫌になるわ。あのお嬢様、本当に王妃になるつもりなのかしら」

聞こえてきたのは、いつも世話をしてくれる無表情な侍女の声だった。

それに続いて、くくく、と男の笑い声がした。

「まあ、そのつもりで来たんだろうからな」

そして男の声は、護衛兵のものだった。

その言葉に今度は侍女が、くすくすと笑う。

ノエリアは息をひそめて、彼らの会話に耳を傾ける。

「海が見たくて港町に滞在しているうちに、盗賊に殺されることになるとも知らずに、毎日せっせと手紙を書いていているらしいな」

「そうなのよ。もう面倒で。結婚式までまだ半年もあるのよ。気が滅入《めい》るわ」

殺される。

そんな物騒な言葉が聞こえてきて、ノエリアはカーテンにしがみついた。

血の気が引いて、立っていられなくなる。

（……そういうこと、だったのね）

けれど、この港町にこうして留められている理由が、これではっきりとわかった。

八年前に亡くなってしまったカミラ王女のように、ノエリアがこの港町に留まっているのは、海が見たいからという理由になっているらしい。

きっとロイナン国王は、治安が悪いからと必死に止めたことになっているのだろう。

それでも、海を気に入って結婚式の直前までこの町に滞在し続けていたノエリアは、運悪く盗賊の襲撃を受けて殺されてしまう。

それが、ロイナン国王の計画なのか。

イースィ王国では、王家の都合で結ばれた婚約を、あんな形で破棄され。

それでも覚悟を決めてロイナン王国に嫁ぐ決意をしたのに、ロイナン国王はノエリアを冷遇し、最後には殺そうとしている。

ぽたりと涙が床に落ちた。

政略結婚とはいえ、ロイナン王国に嫁ぐからには、役に立ちたいと思って必死に勉強をしてきた。

それらはすべて、何の役にも立たないことだった。

（……泣いている場合ではないわ。何とか、ここから逃げ出さないと）

まだ半年の猶予はあるが、このままでは殺されるのを待つだけだ。

ノエリアはカーテンを握りしめたまま、どうしたらいいのか必死に考えた。

彼らはノエリアがここから逃げ出すとは思っておらず、警備は思っていたよりも杜撰であった。

警戒しているのは、外からの襲撃だけである。

特に夜になると、宿の入り口に見張りが立っているくらいだ。その宿から出るのは難しくないだろう。

けれど問題はその後だ。

さすがに徒歩でイースィ王国まで逃げることはできないし、そもそもこの結婚は国王陛下からの命令である。

戻ったところで、連れ戻されてしまうかもしれない。

父と兄にも迷惑をかけてしまう。

どうしたらいいか悩んでいると、突然、宿の入り口付近が騒がしくなった。

こんな夜中に、何だろう。

不思議に思ったノエリアは、そちらに視線を向けようとして、ふいに聞こえてきた怒鳴り声に身を震わせる。

今度こそ立っていられなくなって、その場に座り込んだ。

孤独よりも不安よりも、争う声が何よりも恐ろしい。

「ちょっと、何事なの？」

「襲撃は、まだ先の予定だろう？　まさか、本物の盗賊か？」

今までノエリアを嘲笑《あざわら》っていた侍女と護衛兵の、焦った声が聞こえてきた。

（盗賊……）

国境で激しく争っていたというあの盗賊達が、この宿を襲撃したのか。

ノエリアは恐怖から立ち上がることもできず、ただ自分を抱きかかえるような体勢のまま震えることしかできなかった。

しばらく争うような声が聞こえてきたが、やがて静かになる。どうやら護衛兵も侍女も、ここから逃げ出したらしい。

誰ひとり、ノエリアを救おうとこの部屋を訪れる者はいなかった。

どうせ半年後には殺される予定なのだ。少しくらい早くなっても問題ないと思ったのだろう。

けれど戦闘の気配がなくなったことで、ノエリアも少しだけ落ち着きを取り戻していた。

（ここから逃げないと）

いくら恐ろしくとも、この場に留まっていれば盗賊に殺されるだけだ。

震える足で必死に立ち上がり、カーテンの陰に隠れて窓から外の様子を窺う。

宿の入り口には、武装した男達がいる。

（たしか、もうひとつ出口があったはず）

きっと侍女たちもそちらの方から逃げ出したのだろう。ドレス姿で走れるかどうかわからないが、このまま部屋にこもっていては危険だ。

（怖い……。でも……）

ノエリアがこんなところで殺されてしまったら、父も兄も嘆き、ロイナン国王にもイースィ国王にも不信感を抱くだろう。両方の王家の血を引き継ぐ兄が、争いを引き起こすきっかけになってしまう可能性もある。

だからノエリアは、何としてもここから逃げ出さなくてはならない。

そっと扉を開き、左右を確認する。

狭い廊下には誰もいない。

けれど階下からは、人の話し声が聞こえてきた。

ノエリアはとりあえず自分の部屋から抜け出すと、そっと隣の部屋の扉を開く。鍵が掛けられているかもしれないと思ったが、すんなりと開くことができた。

ほっとしながらも、その部屋に隠れる。

明かりもない暗い部屋を手探りで進むと、カーテンの陰に身をひそめた。

するとノエリアのいた部屋の扉が、音を立てて開かれた。

「いない」

「まさか、ひとりで抜け出したのか？」

ふたりの男の声がした。

しかし予想していたような荒々しい声ではなく、落ち着いた静かな口調に、違和感を覚える。

彼らは本当に盗賊なのだろうか。

「まだ遠くには行っていないはず。探そう」

「了解した。俺はもうひとつの出口を見張る」

そう言って、ふたりはノエリアの部屋を出ていく。

（どうしよう……）

目指していた出口が塞がれてしまったことを知り、ノエリアは唇を噛みしめた。

彼らの目的がもしノエリアならば、逃亡をふせぐために、当然建物の構造は把握しているだろう。あの部屋から出たこともなく、体力もないノエリアが逃げ切れるとは思えない。

どうしたらいいか迷っている間にも、足音は少しずつこちらに向かって移動してくる。

窓から逃げられないだろうか。

そう思って窓枠に手を掛けた途端、ノエリアが隠れていた部屋の扉が開かれた。

「……っ」

悲鳴を上げそうになり、慌てて声を押し殺した。

侵入者はランプを持っていた。

明るい光が、部屋の中を照らし出す。

どうせもう逃げられないのならば、無様にカーテンの中から引《ひ》き摺《ず》りだされるような姿を晒《さら》したくない。

そう思ったノエリアは、自分から姿を現した。

男は、部屋の入り口を塞ぐようにして立っていた。

目が合った瞬間に、思わず息を呑む。

年齢はきっと、兄と同じくらいだろう。

細面《ほそおもて》で優しげな雰囲気だが、そのまっすぐな視線は強い意志を感じさせる。さらに美貌で評判のノエリアやその兄にも劣らないほど、その容貌は整っていた。

整えられた短い黒髪に、澄んだ緑色の瞳。

すらりとした長身に、引き締まった体軀《たいく》。

とても盗賊には見えない。

魅入られてしまいそうになり、慌てて視線を逸《そ》らす。

その隙に、彼はノエリアに近寄ると、突然その身体を抱き上げた。

「きゃあっ」

突然のことに、今まで抑えていた悲鳴が上がる。

だが彼はそれを顧みることなく、そのままノエリアを連れ去ろうとする。

「は、離して！　私をいったいどこに……」

「静かに。護衛兵が味方を連れて戻ってくるかもしれない。その前に、安全な場所まで移動しなくては」

「え……」

まるで閉じ込められ、殺されるのを待つしかないノエリアの事情を知っているかのようだ。

「あなたたちは、何者なの？」

そう問うと、強い意志を宿した緑色の瞳が、まっすぐにノエリアを見つめた。

「俺達は、ロイナン国王イバンと敵対する者だ」

「ロイナン国王と敵対……。もしかしてあなた達が、あの盗賊なの？」

彼らの言葉を聞いた者は拘束されてしまうと、父が言っていた。

それを聞いてノエリアは、その盗賊達がよほどロイナン国王にとって都合の悪い事実を知っているのではないかと思ったのだ。

そんなノエリアの言葉に、彼は悲しそうに目を細める。

「たしかに俺達はロイナン国王に従う者達と対立しているが、人を襲ったことも、金品を略奪した

こともない」

「あ、ごめんなさい……」

あまりにも悲痛な声に、ロイナン国王は、自らの敵を盗賊と呼び、徹底的に情報統制をすることによって、正当性を高めようとしたのだと悟った。

それを鵜呑《うの》みにして、彼を盗賊と呼んでしまったことを謝罪する。

彼らの主張も聞いていないのに、どちらが正しいか判断することはできない。

それに、ノエリアはこのままでは殺されるのを待つだけだった。

ロイナン国王の企《たくら》みに加担して、裏でノエリアを嘲笑っていた侍女と護衛兵のことを考えると、彼のほうがよほど信用できるのではないかと思えてしまう。

「いや、何も知らないあなたを責めるつもりはない。だが、このままでは危険だ。俺と一緒に来てほしい」

ノエリアの謝罪に彼は首を振り、そうしてあらためて手を差し伸べる。

「一緒に？　どこへ？」

「俺達のアジトだ。あなたに会わせたい人がいる」

「私に？」

彼は頷くと、静かにノエリアの答えを待っている。

（どうしたらいいの？）

両手をきつく握りしめて、必死に思案する。

もし先ほどの悲しげな様子が巧妙な演技なら、自ら盗賊に身を委ねてしまうことになる。

けれどロイナン国王はノエリアを冷遇し、王都にさえ足を踏み入れさせずに、幽閉した。このまま何もできずに殺されてしまうよりも、ここから逃げ出したほうがいい。

（それに……。彼はどう見ても盗賊には見えないわ。信じていいのかもしれない）

ノエリアは決意を固め、自分を抱き上げている彼を見上げた。

「あなたの名前を教えて」

「アルだ」

「……アル。私はあなたを信じてみます。ここから連れ出してください」

そう告げると、彼は安心したように頷いた。

それからアルは慎重に周囲を探りながら、ノエリアを抱えたまま宿屋の敷地を出て、そのまま町に足を踏み入れていく。

港町だけあって、夜中にもかかわらず多くの人がいた。

「まぁ……」

あまりの喧騒《けんそう》に、思わず驚きの声を上げてしまう。

こんなにたくさんの人は、見たことがない。

多くの船乗り達は、ひさびさの陸地を堪能《たんのう》すべく、夜通し飲み歩いている様子だ。

そんな中、ドレス姿のノエリアを連れて歩くなんて目立つに決まっている。

でもアルは人目を避け、歩くことに慣れていないノエリアをうまく導いてくれた。だから何の不安も感じることはなかった。

彼に付いて行けば大丈夫。

そんな気持ちにさえなっていた。

(だめよ。彼が本当に私の味方なのか、まだわからないのに)

ノエリアは、慌てて首を振る。

アルを信じて宿を出たことは後悔していない。

それでも、今まで世間知らずだった自分の目を、信用してもいいのかと思う気持ちもある。

ノエリアが葛藤している間も、アルは足を止めることなく進んでいく。

やがてふたりは、町はずれにひっそりと停《と》まっている馬車までたどり着いた。

古ぼけた幌《ほろ》馬車の御者台には、ひとりの男が座っている。

アルとはまったく違い、騎士というよりは傭兵《ようへい》といった容貌の大男だった。

手綱を握っている腕はアルの二倍くらい太そうだ。年齢も、アルより上だろう。

短く刈った金髪に緑色の瞳。彼にその鋭い視線を向けられて、思わずびくりと身体を震わせた。

彼ならば、盗賊と言われても納得してしまいそうだ。

「お待ちしておりました」

だが彼は、ふたりの姿を見ると安堵《あんど》したような顔でそう言った。その声の思いがけない優しさに、ノエリアはほっと息を吐く。それに、ノエリアの部屋でアルと会話をしていたのは、この声だった。

そんなノエリアに、その大男は声をかける。

「ネースティア公爵閣下の御令嬢、ノエリア様でしょうか」

「は、はい。そうです」

丁寧な口調で尋ねられ、こくりと頷いた。

「このような手荒な真似《まね》をしてしまい、申し訳ございません。私はライードと申します。私達のアジトに案内をさせていただきます。詳しいことは、そこですべてお話しいたします」

「はい。よろしくお願いします」

ノエリアはそう答えると、アルの手を借りて馬車に乗り込む。夜の港町をひっそりと抜け、馬車は山間《やまあい》の道を走り出した。

「ここからはかなりの悪路になる。馬車に酔ってしまうかもしれない」

一緒に馬車に乗り込んでいたアルは気づかわしげにそう言うと、ノエリアの手を引いた。逆らわずに身をゆだねると、彼はノエリアを自らの膝の上に座らせてしまう。

「え、あの……」

突然のことに、思わず頬が染まる。

こんなふうに兄以外の異性と触れ合うのは初めてだった。慌てて離れようとするノエリアを、アルは押しとどめる。

「じっとしていて。ここからは本当に危険だ。馬車が大きく揺れることもある」

「……はい」

危険だと言われてしまえば逆らうこともできず、ノエリアは恥じらいながらも、そっとアルにしがみついた。

背中に優しく添えられた手から、彼の体温が伝わる。

それを意識しないようにしながら、ノエリアはただ馬車が少しでも早く目的地についてくれるように祈った。

この状態が続いたら、心臓が持ちそうにない。

（どうしてかしら。何だかとても、懐かしいような気がする……）

だが、緊張していたのも最初だけ。

触れ合った場所から伝わってくる温かさが、なぜか涙が滲《にじ》みそうになるくらい、懐かしい。

ここは安全な場所だと思ってしまいそうになり、慌てて気を引きしめる。

彼の言うように道はとても険しく、馬車は揺れ続けた。

アルが抱きかかえるようにして守ってくれなかったら、座席から転がり落ちていたかもしれない。

いつしか、あまりの揺れに羞恥も忘れて彼にしがみついていた。

アルもライードも、ノエリアを優しく気遣ってくれる。

その優しさは、祖国を思い出させた。

もし自分がロイナン国王のもとから逃げ出し、名前しか知らない男達と行動をともにしていると知ったら、父も兄も驚くに違いない。

（でもこれしか方法はなかった。あのままでは私、どうなっていたかわからなかったから……）

本当にもう無理だと思ったら、すぐに言ってほしい。必ず迎えに行く。

そう言ってくれた兄なら、きっと理解してくれるだろう。

いつしかノエリアはアルに抱かれたまま、気絶するように眠ってしまっていた。

馬車はあいかわらず揺れていたが、予想外のできごとが続き、身体のほうがもたなかったらしい。

そのままどのくらい走ったのかわからない。

目が覚めたときには、空はもう白み始めていた。

ようやく馬車は、山奥にひっそりと建てられている邸宅に辿り着いたようだ。

アルにしがみつき、目を閉じていたノエリアは、目的地に着いたことを知らされて、慌てて彼から離れる。

「気分は？」

真っ赤になって俯いていると、アルは気遣うようにそう尋ねる。

「ええ、大丈夫です。おかげで、馬車酔いもほとんどありません」

そう答えると、やや厳しい顔をしていた彼は、安堵した様子で表情を綻ばせる。

「それならよかった。さあ、中に入ろう」

馬車を降りる際、自然なしぐさで手を貸してくれる。

彼の立ち振る舞いは完璧で、あの宿にいた護衛兵達とは比べものにならないくらいだ。

ノエリアはひそかに、アルはこの国の貴族なのではないかと考えていた。

それも、あのロイナン国王に対抗できるほどの身分だ。

あの男は王家の血筋であり、隣国とはいえ公爵家の令嬢であるノエリアでさえ、あんなふうにぞんざいに扱っていた。それなのにアル達に対する対応は、情報統制や盗賊呼ばわりなど、過剰すぎるくらいだ。

（あのロイナン国王が恐れるほどのものが、彼にあるのね）

まだ会ったことさえないが、ロイナン国王は冷徹というよりも傲慢な独裁者だ。

イースィ王国を通して正式に求婚したはずのノエリアでさえ、彼にとっては冷遇しても良い存在だった。

ノエリアを盗賊の仕業に見せかけて殺そうとしたのも、アル達にその罪を被《かぶ》せて徹底的に殲滅しようとしたのかもしれない。

だがそんなノエリアをロイナン国王の手から救い出してくれたのは、このアルだ。

彼は何者なのか。

そして何を目指して動いているのだろう。

（まだ何もわからない。でも、少なくともあのまま宿屋にいたら、死を待つしかなかったことは確かだわ）

彼の手を取ったことは、間違いではなかったと信じている。

アルがノエリアを連れてきたのは、山の谷間に隠れるようにして存在している建物だった。

こんな場所には不釣り合いなほど大きなものだ。ただかなり傷んでいる様子で、至るところに修繕の跡が残っていた。

「こんな山奥に……」

アルに手を取られたまま思わずそう呟《つぶや》くと、ふたりの背後にいたライードが、説明をしてくれた。

「この邸宅は昔、ある貴族が所有していたもので、その貴族は狩りを好んでいました。だから獲物が豊富なこの山に、邸宅を建てたのでしょう。ですが代替わりしたあとは、ほとんど使わずに放置されていました。跡を継いだ貴族も領土が変わってこの土地を離れたりして、すっかり朽ち果てていたのです」

それを彼らは修繕し、アジトとして使っていたようだ。

「そうなのですね」

ノエリアはライードの説明に頷き、入り口に立ってその邸宅を見上げた。

王都にある貴族の邸宅よりは小さめだが、よくこんな山奥に建てたものだと感心してしまう。

建物の様式からして、百年ほど前に建設されたもののようだ。

一階は広いホールが中心で、二階はたくさんの客間がある造りになっている。アジトとして使うには最適かもしれない。

彼らはノエリアを、二階にある客間に通してくれた。

もう夜は明けていたが、馬車で少し眠っただけだ。そんなノエリアを気遣い、まずゆっくりと休むようにと言ってくれた。

その気遣いに感謝して、部屋に入る。

(さすがに少し、疲れたわ……)

何日もゆっくり眠れなかった上に、少し熱もあった。ここできちんと休まないと身体が持たないかもしれない。

建物は古くて、木の窓枠からは隙間風が入り込み、動物の遠吠《とおぼ》えのような音を響かせている。でも掃除は行き届いていて、とても清潔感があった。部屋の隅に置かれていた寝台には、手作りのカバーがかけられている。

(女性もいるのかしら?)

その寝台に腰を下ろして、改めて部屋の中を見回してみる。

カーテンもすべて、生地の切れ端を縫い合わせて作った手作りのもののようだ。人の手が入った温かさに、今まで張り詰めていた心が解けていく。

寝台に横たわり目を閉じていると、いつしか意識は途切れていった。

そのままノエリアは眠ってしまったらしい。

目が覚めたノエリアは、しばらく寝台に横たわったままぼんやりとしていた。

ひさしぶりにゆっくりと眠ることができた気がする。窓から見える太陽は空高く昇っていた。

もう昼近くかもしれない。

昨日よりも幾分か、身体が軽い気がする。ゆっくりと眠ったせいか、熱も下がったようだ。

窓を開けてみると、冷たい風が部屋の中に吹き込んだ。

（もう秋になろうとしているのね）

自然が豊かなこの国は、四季の移り変わりもはっきりとわかる。窓の外に生い茂っている落葉樹も、そのうち紅に染まるだろう。

（綺麗……。ロイナン王国は、本当に美しい国ね）

こんな間近で自然を感じることなど、今まで一度もなかった。

どこからか、小鳥のさえずりが聞こえてくる。しばらくその景色を眺めていると、ふいに扉が叩かれた。

「はい」

「少し、話をしたいの。開けてもいいかしら？」

きっとアルかライードだろう。そう思って返事をしたノエリアは、扉の向こうから聞こえてきた女性の声に驚いた。

（誰かしら？）

アルからもライードからも、来客があるとは聞いていなかった。

少しだけ警戒するが、相手が女性ならば、話くらいは大丈夫だと思って承諾する。

「ええ」

ノエリアは返答したあと、起きたばかりだということに気が付いて、慌てて身なりを整えた。侍女はいないのだから、すべて自分でやらなければならない。

扉の向こうの女性は、ノエリアの返答を聞いてもすぐに開けたりせず、身支度が整うまで待ってくれたようだ。

「ごめんなさい。どうぞお入りください」

そう声を掛けると、扉がゆっくりと開かれ、女性が姿を現した。

「あ……」

彼女の姿をひとめ見た途端、ノエリアは思わず声を上げていた。

すらりとした長身。白い肌に整った顔立ち。

そして、まっすぐな長い銀髪。

たしかに感嘆するほどの美しさだったが、ノエリアが驚いたのは、彼女がイースィ王国の王家の直系の特色である銀色の髪をしていたからだ。

彼女は驚愕《きょうがく》したままのノエリアに、親しげに微笑みかける。

「驚かせてしまって、ごめんなさい」

「い、いえ……。あの……」

我に返って、慌てて彼女を部屋の中に迎え入れた。

貴族の邸宅だったので、さすがに建物の内装は優美だったが、使われなくなったときに家具はすべて持ち出したらしい。この部屋の家具は、簡素なものしかなかった。

銀髪の女性とノエリアは、机を挟んで向かい合わせに座った。

彼女は誰だろう。

ノエリアは静かに考えを巡らせていた。

イースィ王国の直系の王族はみな銀色の髪をしているが、若い女性はひとりもいない。

（もしかして……）

だが、かつては銀髪の王女がいた。八年前に馬車の事故に巻き込まれ、この国で亡くなってしまったはずのカミラ王女だ。

ノエリアはあらためて、目の前に座っている彼女を見つめた。

すらりとした背といい、切れ長の目といい、何となく婚約者だったソルダに似ているような気がする。

「……カミラ王女殿下、でしょうか？」

ノエリアは思い切ってそう尋ねてみた。

どうして亡くなったはずの王女が、ロイナン国王と敵対しているアル達と一緒にいるのか。

生きていたのなら、どうして八年もイースィ王国に帰らなかったのか。

疑問が次々と押し寄せてくる。

ひとつだけはっきりとわかったのは、アルが言っていた、ノエリアに会わせたい人というのは、きっとこのカミラ王女のことだ。

「ええ、そうよ」

王女はその質問に躊躇《ためら》うことなく頷き、わずかに首を傾げてノエリアを見つめる。

「でも、あなたが私のことを知っているとは思わなかったわ」

たしかに彼女の言う通り、八年前にはノエリアはまだ九歳。社交界にもデビューしていなかった。

「はい、お会いしたことはございません。ですが、王太子……いえ、ソルダ殿下によく似ていらっしゃいます」

「……そう」

ノエリアの答えを聞いたカミラの瞳に、悲しみが宿る。

「弟が、あなたにひどいことをしたようね。本当にごめんなさい」

頭を下げられて、ノエリアは慌てる。

「いえ、どうかそのような……」

王女に頭を下げられて、どうしたらいいかわからずに狼狽《うろた》えていた。

それにしても隣国の、しかもこんな山奥に隠れ住んでいるというのに、カミラはすべてを知っている様子だった。

「弟は父に利用され、切り捨てられたようね。昔からあまり自分では深く考えずに、言われるままに動くことが多かったから心配していたけれど、八年経《た》っても変わらなかったようね。残念だわ」

「そのように誘導されてしまったのですから、逆らえば殿下のお立場も、もっと悪くなってしまっていたかもしれません」

それを聞いたカミラは、目を細めてノエリアを見つめる。

「噂はあまりあてにはならないわね。あなたのことはか弱くて可憐《かれん》な、深窓のお嬢様だと聞いていたから」

「可憐かどうかはともかく、私はたしかに世間知らずですから」

「いいえ、そんなことはないわ」

カミラはそう言うと、にこりと笑った。

「普通の貴族の娘なら、父の企みを見抜いたりできないわ。まして、自分にあれほどの悲劇が降りかかった直後なら、なおさらよ」

「私は父に教わっただけです。頼りない娘を心配して、情報は武器になると、いろいろ教えてくれたのです」

「そう。ネースティア公爵が。昔、あなたの御父上《おちちうえ》は、愛した姫君を手に入れるために、あらゆる手を尽くしたそうよ」

父が母を愛し、とても大切にしていたことはよく知っている。

母が亡くなってしまったあとの父はひどく落ち込んでいて、ノエリアと兄を抱きしめ、お前達がいてくれなかったら耐えられなかったと涙を流していた。

父の涙を見たのは、あの日が初めてだった。

「そんなに大切な妻との間の愛娘《まなむすめ》を、政略結婚の駒にされてしまうなんて。さぞかし苦悩したでしょうね……」

カミラはそう言うと、ふいに表情を正してノエリアを見た。

「あなたを結婚式前に救出することができてよかった。私は、心からそう思っているわ」

「私と、ロイナン国王との結婚式、ですか？」

「ええ。あの男は簒奪者《さんだつ》よ。八年前、ロイナン国王陛下と王妃陛下を馬車の事故に見せかけて殺し、王位を奪い取ったのよ」

「！」

　カミラの言葉は、あまりにも衝撃的だった。

「そんな……。馬車の事故では……」

「事故なんかではなかったわ。海に落とされた馬車は、もう無人だったの。あの男は私兵を率いて馬車を襲撃して、ロイナン国王陛下を……」

　そのとき、不運にも同乗していたカミラは、すべてを目撃していた。

「王妃陛下が、命懸けで私と王太子殿下を逃がしてくれたの。私が海を見たいなんて言い出さなければ……。そんな我儘《わがまま》を言わなければ、あんなことにはならなかったのに」

　カミラの瞳から涙が零《こぼ》れ落《お》ちる。

　ノエリアのことを盗賊の仕業に見せかけて殺そうとしたあの男の手は、すでに血で染まっていたのだ。今さらノエリアひとり殺すくらい、何ともないことだったのだろう。

「王太子殿下は、何度も私をイースィ王国に帰そうとしてくれたわ。でも真実を知ってしまった私を、あの男が見逃すはずがなかった。いつのまにか私達は盗賊に仕立て上げられ、捕まってしまった仲間達は、盗賊として有無を言わさず処刑されてしまったのよ」

さらに、自分達と接触した人さえ、有無を言わさずに殺されていると知り、アル達は顔を隠すようになった。

こうすれば、ただ偶然盗賊を見かけた人や、接触しただけの人達の命は救うことができる。

けれどそのせいで、盗賊だという信憑《しんぴょう》性は増してしまった。

通報されてしまったことも、何度もあるとカミラは悲しげに語る。

「……」

衝撃のあまり、ノエリアは言葉を失っていた。

王太子と、イースィ王国の王女であるカミラは生きていたのだ。

だが、あの男が即位するまでには猶予があった。誰を新王にするかの話し合いは長引き、兄にまでその話が持ち込まれたくらいだ。

すぐにでも王城に戻り、あの男を断罪すればよかったのではないか。そうすれば、国王を暗殺した男が新国王になることはなかった。

最初の衝撃から立ち直ると、その疑問を口にする。

「どうして、すぐに王城に戻られなかったのですか？」

「……王太子殿下はひどい怪我《けが》を負っていて、地元の領主に匿《かくま》ってもらうのが、精一杯だったの。何とか命を取り留めたときには、もうあの男が即位していたわ」

そして彼がようやく動けるようになった頃、カミラと王太子を匿ってくれた領主は、国王陛下の事故を知りながら救出を怠ったと言いがかりをつけられて、身分も財産もすべて没収されたという。アルと一緒にいたライードは、その領主の息子だったらしい。

「それからも頼る先はすべて、新国王となったあの男、イバンに潰されたわ。それでも味方になってくれた人達と一緒に、私達はこうして抵抗を続けてきたのよ」

「盗賊」と接した者達が拘束されてしまうのも、彼らが王太子の生存と、現ロイナン国王であるイバンの罪を知ってしまったからなのか。

「私も何とかして、イースィ王国に帰ろうとした。でも国境の守りは特に強固で……。もうこれ以上、護衛してくれていた人達が殺されるところを、見たくなかったのよ」

カミラの言葉は悲痛に満ちていた。

国境付近に出没していたという「盗賊」は、カミラをイースィ王国に帰還させようとして戦っていた彼らだったのだ。

本来ならばノエリア以上に大切にされて、守られていたはずの王女が、どれだけつらい思いをしてきたのだろう。

手を差し伸べてくれた人達が次々とイバンに狙われ、それでもずっと戦い続けてきた彼女達の八年間を思うと、胸が痛くなる。

あまりの真実に絶句するノエリアに、カミラはさらに恐るべき事実を告げる。

「でも、今となっては帰国しなくてよかったと思っているわ。あの男が国王として即位できたのも、それ以前にこれほどの悪事を決行することができたのも、強力な後ろ盾を手に入れていたから。このことを知らずに国に帰っていたら、私はきっと殺されていたでしょう」

衝撃的な言葉に、ノエリアは息を呑む。

けれど思考は止まることなく、カミラの言葉の意味を考えている。

彼女は、祖国であるはずのイースィ王国に帰れば殺されてしまうと言った。それは国内にロイナン国王の協力者がいるということになる。

それは八年前、ロイナン国王の王位簒奪に手を貸している。

（まさか……）

辿り着いた恐ろしい答えに、思わず組み合わせた手が震えてしまう。

「カミラ、そこまでだ」

ふいに声がして、話が遮られる。

顔を上げると、アルが部屋に入ってきた。

「まだノエリア嬢はここに来たばかり。もう少し落ち着く時間が必要だ」

「……そうね。ごめんなさい。外部の人と会えたのが八年ぶりだったから、つい焦ってしまって」

カミラはそう言って謝罪してくれたが、八年間も追われ続け、戦い続けてきた彼女の気持ちを思うと、切なくなる。

静かに首を横に振り、自分は大丈夫だと伝えることしかできなかった。

ノエリアはあらためてじっくりと、彼と、そして隣に立ったカミラを見つめた。

ふたりとも平民と変わらないような質素な服装だが、その美貌は際立っている。さらに常人とは違う立ち振る舞いや気品なども、似通ったものだ。

（もしかして、彼は……）

「だが、話はすでにあらかた聞いてしまったようだね。あらためて名乗ろう。俺は……」

「ロイナン王国のアルブレヒト王太子殿下、でしょうか」

その言葉にアル……アルブレヒトはひどく驚いた様子で、ノエリアを凝視する。

切なそうな瞳で見つめられ、困惑した。

「……あの、殿下？」

あまりにも過剰な反応に戸惑い、助けを求めるようにカミラを見た。

「彼女はなかなか聡明《そうめい》だわ。私のこともすぐに見抜いてしまったもの」

「……あ、ああ。そうだな。カミラの話を聞けば、わかることだったな」

アルブレヒトはそんなカミラの言葉に、ようやく我に返ったようだ。自分に言い聞かせるかのようにそう言うと、ノエリアに笑いかける。

「今の俺は身分も何もない、ただの男だ。殿下などではなく、アルと呼んでほしい」

「私もカミラでいいわ。あなたのことも、ノエリアと呼んでもいい？」

「はい、もちろんです」

ノエリアも笑顔でそう答えた。

そんな笑顔から、アルブレヒトは視線を逸らす。どうして彼は、こんなにも動揺しているのだろう。

自分が何かおかしなことでも言ってしまったのかと考えていると、彼は何かを差し出した。

「話だけでは信用できないかと思って、これを持ってきた」

見ると、それは紋様が刻まれた指輪だった。

それを見てカミラも、鎖を通して首からかけていた指輪を取り出す。

金色の指輪にはそれぞれ、ロイナン王国とイースィ王国の紋章が刻まれていた。

これを所持できるのは、直系の王族だけだ。

どちらとも、間違いなく本物だろう。

でも、こんな証拠などなくとも、ふたりの話は本当だと信じていた。

この気品ある美しさは、演技などで身に付くようなものではない。でも、ノエリアがふたりの身分をしっかりと確認すれば、これから先、何かできることがあるかもしれない。

だがアルブレヒトとカミラは、それをふたつともノエリアに差し出した。

「これは君が持っていてくれないか」

「え……。私が？」

驚いて、ふたりの顔を交互に見つめる。

これは身分を証明してくれるものだ。けっして手放してはいけないのではないか。

だが彼は、自分達が持っているほうが危険だと言う。

「俺達が持っていても、イバンに負けてしまえばそのまま打ち捨てられるだけだ。誰かに悪用されてしまう可能性もある」

だから、できれば信用のできる者に預けたかったと言われ、ノエリアは差し出されたふたつの指輪、ロイナン王国とイースィ王国の紋章が刻まれたそれを受け取った。

考えたくはないが、もしロイナン国王がふたりを打ち負かせば、盗賊を討ち取ったと報告するだけだ。

彼らが必死に戦ってきた八年間を、伝える者は誰もいなくなってしまう。

ノエリアは無力だが、父や兄など、無条件で味方になってくれる存在がいる。

ロイナン王家の血を引き、イースィ王国の公爵令嬢という身分もある。

彼らのために、何かできるかもしれない。

だからそれを恭しく受け取った。

「はい。たしかにお預かりしました」

「ありがとう。これで少し、安心することができる」

指輪を手渡したアルブレヒトは、そう言って微笑んだ。

今度は曇りのない笑顔だった。

「私はこれからどうなりますか？」

「あなたのことは、できるだけ早くイースィ王国のネースティア公爵にお返ししようと思っているわ」

「父に、ですか？」

カミラはイースィ王国ではなく、父個人の名前を挙げた。

やはり、彼女達の敵は国の上層部にいるのだろう。

（もしかしたら、それは……）

ノエリアは、今まで自分に起こったことを、ひとつずつ思い出してみる。

王太子との婚約破棄も、ロイナン国王との婚姻も、すべてある人物の差し金だった。

「ええ。だから、それまではここで暮らしてもらうことになるわね。ここでの暮らしは不自由で、申し訳ないけれど……」

「いえ、そんな。王女殿下がそのような……」

謝罪したカミラを、ノエリアは慌てて止める。

今まで大切に守られて生きてきたノエリアには、戦い続けてきた彼女達の気持ちを完全に理解することはできないだろう。

おそらくノエリアの想像以上に、過酷でつらい日々だったに違いない。それなのに、彼女に謝罪までさせるわけにはいかなかった。

「むしろ助けて頂いたのは私のほうです。あのままではいずれ、殺されていたかもしれませんから」

「それは、どういうこと？」

宿の片隅で聞いた、侍女と護衛兵の言葉を伝えると、カミラは整った美しい顔を紅潮させ、はっきりと怒りを示す。

「どこまで卑劣な男なの」

ノエリアのために本気で怒ってくれたカミラは、今度は安心させるように優しくこう言ってくれた。

「そんな男からあなたを守れて、本当によかった。きっと公爵とあなたの兄上が、すぐに捜し出してくれるわ。それまではここで、私達があなたを守るからね」

「ありがとうございます」

ノエリアはそう言って、頭を下げる。

たとえロイナン国王の企みを知っても、ひとりではあの宿から抜け出すことはできなかった。あのままではなす術《すべ》もなく殺され、それを、アルブレヒトたちを攻撃する理由にされてしまうところだった。

「君の兄は、妹が行方不明になったと知れば必ず動く。そして君を救い出せるだけの力もある。セリノのことだ。こちらから知らせる前に、妹の失踪を知るかもしれない。そうなったらイバンよりも早く、ここを見つけ出すだろう」

アルブレヒトは、静かにそう言った。

たしかに兄ならば。

ノエリアのために、けっして断れない結婚さえ止めようとしていた兄なら、ノエリアを見つけ出して救ってくれるかもしれない。

「あの、兄を御存じなのでしょうか？」

だがあまりにも確信に満ちた言葉に、彼は兄を知っているのかもしれないと思って、尋ねてみた。

予想通り、アルブレヒトは頷く。

「ああ。親しい友人だった。セリノがどれくらい、妹を大切にしているのかも知っている。間違いなく君を捜し出すだろう」

「……はい。私もそう思います」

アルブレヒトは親しかった人を呼ぶように、兄の名を自然と口にしていた。

ノエリアはあまりよく覚えていなかったが、母が生きていた頃は、よくロイナン王国を訪れていたそうだ。きっとそこで知り合い、交流を深めていたのだろう。

「それまでは不自由な生活を強いてしまうが、許してほしい」

カミラと同じように、アルブレヒトもそう言って謝罪してくれた。

「いえ、そんな……」

ノエリアは思わず立ち上がる。

「カミラ王女殿下……カミラ様にも言いましたが、私の方こそ助けて頂いたのです。ですから私に手伝えることがあれば、何でも言ってください」

そう言ってみたものの、ノエリアにできることなど何もない。せいぜい自分のことは自分でやって、周囲に迷惑をかけないようにするしかない。

「あなたにはひとつだけ、頼みたいことがある」

だがアルブレヒトは、真剣な顔をしてノエリアに向き直る。

「はい。私にできることなら」

「イースィ王国に無事に戻れたら、ネースティア公爵にカミラの生存を伝えてほしい」

もちろんだと、ノエリアは大きく頷いた。

「むしろ私よりも、カミラ様の救出を優先させるべきだと思います」

「だめよ」

そう提案したが、カミラは首を横に振り、ノエリアのほうが優先だという。そうでなければ、指輪を預けた意味がないと。

「あなたはただ、巻き込まれてしまっただけの被害者だもの。それに、私なら大丈夫。もう八年もここで暮らしているのよ」

「でも……」

困ったノエリアは、アルブレヒトを見つめた。静かに考えを巡らせていた彼は、その視線を受けて顔を上げる。

「カミラ、君だってこの国の事情に巻き込まれてしまった被害者だ。ふたりには本当に申し訳ないことをした」

アルブレヒトの謝罪に、カミラは一瞬、泣き出しそうな顔をした。

「そんなこと言わないで。私達は八年間、一緒に戦ってきた仲間なのに」

八年間。

ノエリアはあらためて、その時間の長さを思う。

事故当時、カミラは十九歳だったはずだ。

それから二十七歳になった現在まで、王女であるはずのカミラは、追っ手に怯えながら森の奥にあるこの邸宅で過ごしていた。

痛ましいことだと、ノエリアも目を伏せる。

「兄はカミラ様の存在を知れば、きっと救出のために力を尽くすでしょう」

「そうだな。セリノならばきっと、そうしてくれるだろう」

アルブレヒトの声には、兄に対する信頼が宿っていた。ふたりは、ノエリアが思っていたよりも親しかったようだ。

ノエリアも、兄がきっとそうしてくれると信じている。

「とにかくしばらくは、ゆっくりと休んで体調を整えたほうがいい」

「はい。お心遣いありがとうございます」

そう礼を述べるとアルブレヒトは立ち上がり、何か足りないものがあったらカミラに言うようにと告げて、部屋を出ていく。

ノエリアも立ち上がって彼を見送り、それから俯いたままのカミラの傍に近寄った。

「あの、カミラ様」

そっと声を掛けると、彼女は顔を上げて笑みを見せる。

「……ごめんなさい。今まで色々とあったものだから」

そう言って笑みを浮かべたが、どこかぎこちないものだった。

「あまりあなたを疲れさせてはいけないから、私も戻るわ。危ないから外には出られないけれど、この邸宅の中なら自由に歩いてもいいからね」

「はい、ありがとうございます」

「着替えも準備してあるわ。質素なものしかなくて申し訳ないけれど……」

「いえ、そんな。充分です」

今度は部屋を出ていくカミラを見送り、ノエリアは、これからどうしようかと考える。

まず、動きにくいこの服を着替えたほうがいいかもしれない。

ノエリアはさっそくドレスを脱いで、用意してもらった服に着替える。飾り気のない、質素なワンピース。だがこれなら手伝ってもらわなくとも、ひとりで着替えることはできる。

（なるべくひとりでできるように、頑張らないと）

彼らに負担をかけてはいけない。

ふたりから預かった大切な指輪は、肌身離さず持っていようと、カミラが持っていた鎖にふたつとも通して、首から下げる。

金色の長い髪も邪魔にならないように結んでみた。

あまりうまくできなかったが、公爵家で暮らしていたときのように毎晩手入れをしてもらうわけにはいかないのだから、自分で何とかしなければならない。

着替えをすませてしまうと、もうやることがなくなってしまった。

（少し、状況を整理してみよう）

ノエリアは椅子を窓辺に移動させると、そこに座って静かに考えを巡らせる。

ここひと月ほどで、周囲を取り巻く環境は驚くほど変化した。

ほんの少し前まで王太子の婚約者であったことが、もう遠い昔のことのようだ。

それが婚約破棄され、今度は隣国に嫁ぐことになった。

だからロイナン王国のことを懸命に学び、できる限り良い王妃になろうと努力した。

でも待っていたのは、王都に入ることさえもできず、宿屋に押し込められて不安に過ごす日々。

もしアルブレヒトが助け出してくれなかったら、冷遇されたままロイナン国王の計画通りに殺されていたかもしれない。

（でも彼が私を助けてくれたのは、きっとカミラ王女殿下のため……）

彼には、何とかしてカミラをイースィ王国に帰したいという強い思いがあったに違いない。そのために、ネースティア公爵家の娘を救って恩を売る必要があったのか。

気心の知れたようなふたりの姿を思い浮かべると、なぜか胸の奥が痛むような気がした。

（八年も一緒に過ごしていたのだから、仲が良いのは当然だわ）

ノエリアは自分の中に生まれた感情を振り払うように首を振ると、これからの生活に思いを馳《は》せる。

（お兄様には、また心配をかけてしまうわ）

それでもアルブレヒトの言うように、兄はノエリアが連れ去られたことを知ったら、必ず助けに来てくれる。

カミラ王女の救出にも、力を尽くしてくれるに違いない。

（今の私にできることは、いつ山越えになっても大丈夫なくらい、きちんと体調を整えることかもしれない）

ノエリアはそう決意を固め、空を見つめる。

標高の高い山の空は怖いほど澄んでいて、その美しさに魅せられ、いつまでも眺めていた。

第二章　記憶に眠る愛

ノエリアは、窓の外から聞こえてきた鳥の囀《さえず》りで目が覚めた。

視線をその声がしたほうに向けると、生い茂った木々の合間から穏やかな朝の光が降り注ぐ。

「ん……」

寝台から身体《からだ》を起こすと、ゆっくりと手足を伸ばして背伸びをする。

「今日も、良い天気ね」

空を見上げてそう呟《つぶや》く。

この邸宅に来てから、もう五日目。

海辺よりも山間の空気のほうが身体に合っていたらしく、毎朝清々《すがすが》しい気分で目覚めることができていた。

ロイナン国王の手下の護衛兵や侍女よりも、アルブレヒトやカミラのほうが信用できる。

そのことも影響しているのかもしれない。

この邸宅には今、二十人ほどの人間がいる。

ほとんどは若い男性だが、女性がカミラを入れて五人。老齢の者や身体が弱い者、子どもなどは、別の場所に隠れ住んでいるようだ。

だからここにいるのは、主に最前線で戦っている者達《たち》だ。

アルブレヒトはたったこれだけの人数で、ロイナン国王となったイバンと対立している。過酷な日常だったと思う。

カミラが言うには、数年前はもっと多かったらしい。

どうして減ってしまったのか、それを聞くことはできなかった。

おそらくイバンに捕まり、処刑されてしまった者が多いのだろう。

彼らは皆、二階にあるそれぞれの部屋で暮らしているようだが、ノエリアと接触することはほとんどなかった。

カミラとアルブレヒト、そしてときどきライードと会話を交わすくらいだ。

たまに他の人と邸宅内で会ったりするが、彼らも会釈をして通り過ぎるだけだ。

彼らを恐ろしいとは思わなかったが、ノエリアは人見知りで、自分から話しかけることはできずにいた。

そろそろ着替えをしようと、寝台を離れる。

シンプルなワンピースは、着替えも簡単なものだ。

動きやすくて、なかなか気に入っていた。だが長い金色の髪をうまく結ぶことができず、いつもここで時間をかけてしまう。

「いっそ切ってしまおうかしら……」

父や兄が聞いたら青ざめてしまいそうなことを、呟いてみる。それでも悪戦苦闘しながら何とかまとめ上げると、扉が叩《たた》かれた。

「ノエリア、起きているか？」

「アル？　ええ、起きているわ」

咄嗟《とっさ》に部屋に置かれていた古い鏡を見て身支度を整え、そう返事をする。

この五日で、彼とも随分打ち解けた。

兄の友人のようだし、穏やかで優しいアルブレヒトは、ノエリアにまったく警戒心を抱かせない。それに彼はロイナン王国の王太子なので、王家の血を引く兄と自分にとって、縁戚でもある。

強い人だと思う。

いくら世間知らずのノエリアでも、彼の苦悩や重圧は相当なものだとわかる。でもアルブレヒトはそれをまったく表には出さず、いつも穏やかで優しい。

それでも彼は時折、過去を懐かしんでいるような切なげな瞳で、ノエリアを見つめているときがある。

その目を見てしまうと、胸がどきりとして苦しくなるのだ。

（どうしてそんな目で私を見るの？）

兄のように、ノエリアも過去に会ったことがあるのだろうか。

そう思ってみても、昔の記憶はとても曖昧だ。

母が亡くなったことがショックだったらしく、断片的にしか思い出せないのだ。

さらに兄が言うには、恐ろしい事件にも巻き込まれていたようだ。

でもその記憶の中に、きっとアルブレヒトとの思い出があると思うのは、考えすぎなのだろうか。

（もし会ったことがあるなら、アルだってそう言うはず。ただお兄様から私のことを聞いていて、それを懐かしんでいるだけかもしれないし……）

彼のことばかり考えているせいか、あの日から何度も同じ夢を見る。

見覚えのない美しい庭園には、ノエリアが好きな白薔薇《ばら》が咲き誇っている。その中に佇《たたず》む、ひとりの男性。

彼は白薔薇を一輪手に取ると、丁寧に棘《とげ》を取り除いてから、差し出してくれた。

穏やかな優しい笑顔に、ノエリアもまた、心からの笑顔を向ける。

夢の中のノエリアは、どうしようもないほどの幸福感に満たされていた。

幸せ過ぎて、涙が零《こぼ》れてしまうくらい優しい夢だった。

その男性は、アルブレヒトによく似ていた。

夢のせいだと何度も自分に言い聞かせていても、高鳴る鼓動を静めるのは容易ではなかった。

「随分、苦戦したようだね」

アルブレヒトは、思考に沈んでいるノエリアの姿を見ると、そう言って笑った。

「え？」

慌てて鏡を見直すと、しっかりと結んだはずの金色の髪がほつれている。

「ああ、ごめんなさい。こんな見苦しい姿を……」

慌てて髪を解《ほど》いて結び直そうとしたが、焦っているせいかなかなかうまくできない。絡みついたリボンのせいで、ますます乱れてしまう。

(アルの前で、こんな姿……)

あまりにも恥ずかしくて、どうしたらいいかわからなくなってしまった。

「ノエリア、ここに座って」

アルブレヒトはそんなノエリアの姿を見ると、椅子を鏡の前に移動した。困惑するノエリアに、そこに座るようにと指示をする。

「え、あの……」

戸惑いながらも、促されるまま座る。

するとアルブレヒトは机の上に置かれていた櫛《くし》を手に取り、ノエリアの髪を優しく梳《と》かしてくれた。

「アルにそんなことをさせるわけには……」

慌てたノエリアは立ち上がろうとした。今はこんな山奥に潜んでいるが、彼はロイナン王国の王太子なのだ。

「危ないから、動かないように。ノエリアにこんな苦労をさせているのは、俺達の責任だから」

「でも、カミラ様は……」

カミラの銀色の髪は、いつだって美しく光り輝いている。王女であったカミラにできるのに、自分にできないことが情けなくて、ノエリアはますます俯《うつむ》いた。

「ああ、あれはライードがやっているだけだ。カミラにひとりでやらせたら、さっきのノエリアよりもひどいことになっている」

「え？」

驚いて振り向きそうになり、またアルブレヒトに止められた。

「動いたら駄目だよ」

「ごめんなさい。でもまさかライードさんが……」

騎士というよりも傭兵《ようへい》といった風貌の、大柄な男性を思い出して驚く。

ここに来てから聞いたことだが、彼は最初にアルブレヒトとカミラを助けた領主の息子だった。

そのせいでロイナン国王イバンに目をつけられ、領地と身分を没収されながらも尚《なお》、ずっとアルブレヒトに仕えている忠臣である。

そんな彼がカミラの髪を丁寧に梳《す》いているところを想像すると、何だか微笑《ほほえ》ましいと思ってしまう。

「彼は器用で何でもできる。ノエリアも、ライードのほうがよかったか？」

「ううん。私はアルがいい」

思わず反射的に答えてしまい、鏡に映っているノエリアの顔が真っ赤になった。

「そうか。そう言ってもらえると嬉《うれ》しいよ」

だがアルブレヒトのほうは余裕でそんなことを言い、ノエリアの髪を整えてくれた。

触れる手の優しさ。

時折首筋に触れる手の温かさ。

心地好《よ》くて、少しの痛みも感じなかった。

長い髪は動きやすいように、丁寧に編み込まれた。

「ありがとう」

感謝を込めてそう言うと、アルブレヒトの表情が和らいだ。

そっと髪に触れて、ノエリアも微笑む。

「俺でかまわないなら、いつでも。……ああ、そうだった。書斎に案内しようと思っていた」

「書斎？」

この部屋を訪れた理由を、思い出したらしい。ノエリアに付いてくるように言うと、部屋を出ていく。

慌ててそのあとに続いた。

向かったのは、二階の居住区にあるひとつの部屋だった。

扉を開くと、少し埃《ほこり》っぽい空気が流れ込んできた。どうやらあまり使われていない部屋のようだ。

「少し待っていてくれ」

アルブレヒトはまっすぐに窓に向かうと、大きく開いて空気を入れ替える。空気がよくなったところで、促されて部屋に入る。

昔は書斎として使われていた部屋らしい。

両側に天井まである大きな本棚があり、本がびっしりと詰め込まれていた。この邸宅の持ち主

は、こんな山奥にこれだけの本を持ち込むほど、好きだったらしい。

「こんなに……」

たくさんの本を目にして、ノエリアの目が輝く。

ガラス戸に収められていたせいで、あまり傷んではいないようだ。歴史書や政治の本ばかりだと思っていたが、奥のほうには物語の本もある。

「古い本ばかりだが、暇つぶしにはなるだろう」

アルブレヒトはそんなノエリアを見て、表情を和らげる。

どうして彼は、ノエリアが本好きなことを知っているのだろう。

父も兄も優しくて、ノエリアをとても大切にしてくれた。けれど公爵家当主であり、その後継者であるふたりは、屋敷《やしき》にいないことが多かった。

ふたりが忙しいことは、よく知っている。

だから昔から、交わした約束が果たされなかったときは、本に夢中になっていたと言うようにしていた。

そうすれば、父や兄が安心することを知っていたからだ。

王太子の婚約者になってノエリアも多忙になっていったが、幼い頃からこうしてひとりで本を読んで過ごしている時間が多かった。

本は寂しさを紛らわす手段でもあったが、何より、大切な家族に守られ、幸せに過ごしてきた日々を彷彿《ほうふつ》させるものだ。

「もう読めないと思っていたのに」

思わず手に取ると、懐かしいような、泣き出したいような気持ちになって、ノエリアはそう呟いていた。

あの頃は怖いものなど何もなく、大切に守られていた。

もう戻れない過去が、どうしようもなく懐かしい。

でも、戻りたいとは思わなかった。

あれからたくさんのことを知り、大切に守られていただけではわからなかった、痛みや切なさを知った。

その経験は、自分を成長させてくれたと思っている。

それに家族と過ごす時間は、どんなに幸せでも、無限には続かない。

この結婚がなかったとしても、いずれあの居心地の良《い》い優しい空間から飛び出さなくてはならない日は来ていた。

だからノエリアはロイナン国王に嫁ぐことが決まったとき、大切にしていた本をすべて処分した。

もう子どもではいられない。

今度は自分が兄を守るのだという、決意の表れであった。

今はただ、幸せだった少女の頃が懐かしいだけだ。

「どうした？」

本を手にしたまま考え込んでいると、アルブレヒトが心配そうに声をかけてきた。

「……私が本好きだったこと、兄から聞いたの？」

そう尋ねると、彼は頷《うなず》いた。

「寝る間も惜しんで本を読んで、よく兄に叱られていたの」

あまりにも本に没頭しすぎて、頻繁に体調を崩してしまっていたことを告げると、アルブレヒトは眉をひそめる。

心配してくれていることは、聞くまでもなくわかった。

彼の優しさは、兄にとてもよく似ている。

「でも結婚が決まったとき、本をすべて処分してしまって。もう子どもではいられない。これからはしっかりしなくてはと思ったの。だから……」

また昔のように本を読んでしまうと、何もできない弱い自分に戻ってしまいそうで、怖かった。

物語の中で生きるのは、それだけ心地好くて、幸せだったから。

どんなに今は平穏で心穏やかに過ごせていたとしても、ここは安全な公爵家ではない。

いずれ戦わなくてはならないときが来る。

そんなときに、足手まといになってしまわないか。

迷惑をかけてしまうのではないか。

それを心配するあまり、不安が先に立ってしまって、素直に喜べなかった。

「ノエリア。これは俺達の戦いだ。君はそれに巻き込まれてしまったに過ぎない」

そんなノエリアに、アルブレヒトは静かな口調で、言い聞かせるように言う。

だがそれを否定するように、強く首を振る。

「でも私も、無関係ではないもの。あのままだったら私は、ロイナン国王に……」

利用され、殺されていたかもしれない。

「それを阻止することができてよかった。それに、ここにいる間は俺が守ると言った。その後は、セリノが必ず守ってくれる。何の心配もいらない」

「……」

ノエリアは、ただ守られていればいいなんて、思っていなかった。

でもアルブレヒトはまるで過保護な兄のように、それを強く望んでいるようだ。

たしかにノエリアが何かしようと思っても、やれることなど限られている。実際に戦っているのは彼らなのだ。

（何かしたいと、戦いたいと主張しても、力のない私では、ただ負担をかけてしまうだけだわ）

ならば自分にできることは、なるべく彼らに心配をかけないようにふるまうことかもしれない。

そう思ったノエリアは、手にした本をそっと抱きしめた。

忙しい父と兄が心配しないように、いつも本に熱中していた頃を思い出す。

（私にできることは、今も昔も、それだけなのね……）

自分の非力さを恨めしく思いながらも、それを微塵《みじん》も表に出さず、アルブレヒトに向かって笑みを浮かべる。

「そうね。私は下手に動かない方がいいかもしれない。本も、ありがとう。本当は、何をしたらいいかわからなくて、少し困っていたの。また本を読めるなんて、とても嬉しいわ」

父や兄なら、こう言えば安心してくれた。

けれどアルブレヒトは、そんなノエリアの笑みを見ると表情を曇らせる。

「アル……？」

「たしかに俺は、君を危険な目に遭わせたくないと思っている。安全な場所にいてほしい。だが、そんな顔をさせるつもりはなかった。本も、ただ喜ばせたいだけだった」

予想外の言葉に動揺してしまう。

「そんな顔って、どんな……」

頬に手を当ててみる。

いつだって父と兄は、ノエリアの言葉で安心してくれていたはずだ。

「自分を押し殺し、他の人の気持ちを優先させている顔だ。そんな君の顔を見てしまったら、もう何も言えなくなる」

「えっ……」

ノエリアはただ驚いて、アルブレヒトを見つめる。

父や兄にも一度も気付かれなかったのに、まさか彼がそれを感じ取ってしまうとは思わなかった。

「私の方こそ、ごめんなさい。本が嬉しかったのは本当なの。素直に喜べばよかったのに、どうしても臆病になってしまって。お父様やお兄様なら、こう言えば安心してくれたから……」

隠し通せないなら、素直に心のうちを打ち明けるしかない。

ノエリアは動揺したまま、そう言ってアルブレヒトを見上げた。

「セリノも、君にそんな顔をさせていたのか」

やや呆《あき》れたような声に、ふたりの仲の良さを感じて、思わず自然に笑みを浮かべる。

さきほどのような作り笑いではない、本物の笑顔になった。

それを見ていた彼も、表情を和らげる。

「そう、笑っていてくれ。それだけで俺は……」

何かを言いかけたアルブレヒトは、ふいに我に返ったように言葉を切る。そのまま、視線を窓の外に向けた。

（アル？）

何を言おうとしたのだろう。

気持ちを押し殺しているような横顔を見ていると、胸が痛くなる。

そっと、彼の腕に手を添えた。

「だめよ、アル」

「ノエリア？」

「私が笑っていても、あなたがそんな顔をしていたら意味がないわ」

振り向いたアルブレヒトは、驚いたように目を細めてノエリアを見つめている。

「俺は……」

「もちろんあなたと私では、背負っているものがまったく違う。こんなことを言うのは無責任かもしれない。でも……」

あなたにも笑っていてほしい。

そう告げると、アルブレヒトは穏やかな笑みを浮かべてノエリアの手を握った。

重なる温《ぬく》もりに、胸がどきりとする。

「少し厳しい状況が続いて、余裕がなくなっていたかもしれない。そうだな。そんなときこそ、笑うべきだ」

「ごめんなさい。私……」

ノエリアにとっては、ほんの少しの間のこと。

だがアルブレヒトは、八年も戦っているのだ。厳しい状況で生きている彼に、あまりにも無責任な言葉だったかもしれない。

表情を曇らせて謝罪しようとするノエリアを、アルブレヒトは制止する。

「そうだな。たまには俺も休んで、好きなことをしてみるよ」

「アルの好きなことって?」

「ここから少し離れた場所に、気に入っている景色がある。そこで過ごすのが好きだった」

大切な思い出を振り返っているかのように、優しい顔をしてそう言う彼を、ノエリアは見つめる。

きっとすばらしい景色なのだろう。

「私も見てみたいわ」

「ああ、そうだな。いつか連れて行こう」

あまり気を張り詰めず、たまには好きなことをする。

笑顔でいるように、心がける。

互いにそう約束して、ノエリアは数冊の本を手に、部屋に戻った。

さっそく椅子に座り、持ってきた本を眺める。

今までノエリアが読んでいたような高級な装丁ではないが、それでもしっかりとしているので傷みはあまりない。

（少しだけ、読んでみようかな？）

最初に感じていた怖さは、もうなくなっていた。

それは自分の中に、前とは違う強い決意が宿っているからだ。

どんなに怖くても、逃げたりしない。

アルブレヒトとカミラ、そしてライード達とともに、きっとこの戦いを乗り越えてみせる。

この思いは、本を読んだくらいで薄れたりしないとわかっていた。

最初は少しだけと思っていたのに、ページを捲《めく》っていくうちに、いつのまにか熱中していたようだ。

「ノエリア？」

ふと耳元で名前を呼ばれ、慌てて顔を上げる。

いつのまにか傍《そば》にはカミラがいて、ノエリアを覗《のぞ》き込《こ》んでいた。

「あ、カミラ様……」

驚いて、思わずその名を呼ぶ。

「いくら呼んでも返事がなかったから。勝手に入ってごめんなさいね」

「いえ。私のほうこそ、気が付かずにすみません」

慌てて本を置いて立ち上がる。

少しだけと思っていたのに、カミラが声を掛けるまで、本に熱中していたようだ。

「ふふ、夢中になっていたものね」

にこりと笑ったカミラは、ノエリアが置いた本にちらりと視線を走らせる。

「これ、書斎にあった本かしら？」

「はい。アルが案内をしてくれて」

そう答えると、彼女はますます楽しそうに、くすくすと笑う。

「やっぱり。昨日、何だか書斎のほうが騒がしかったから。今まであの部屋には誰も立ち入ったことがなかったから、不思議に思っていたの。きっとあなたのために、あの部屋を綺麗《きれい》にしていたのね」

（アルが、そんなことを？）

机の上に置いた本に、指を走らせる。

彼は、喜ばせたかったと言ってくれた。カミラの言うように、ノエリアのためにしてくれたのだろう。

（それなのに、私は……）

どうしてもっと素直に喜ばなかったのかと、後悔が押し寄せる。

「これもアルでしょう？」

そう言ってカミラは、ノエリアの綺麗に編み込まれた髪に触れる。

「そうです。彼にそんなことをさせるなんて、と思ったのですが」

カミラの髪は、ライードが手入れをしていると聞いたことを思い出す。見ると、彼女の美しい銀髪は今日も光り輝いていた。

「気にしなくてもいいわ。むしろ、あなたの髪に触れることができるなんて、役得ではないかしら」

悪戯《いたずら》っぽくそう言うと、机の上に置かれていた本に触れる。

「昔から、本が好きだったの？」

「はい。よく本に夢中になりすぎて、兄に叱られました」

「そう。こんな山奥では外出もできないから、私もあなたが退屈ではないかと心配していたのよ」

「お気遣いありがとうございます。でも、大丈夫です。昔からほとんど外に出たことがありませんから」

でも今度、アルブレヒトに景色の良い場所に連れていってもらうと約束した。何気なくそう言うと、カミラは弾《はじ》かれたように顔を上げた。

「アルが、本当に？」

「は、はい。あまり思い詰め過ぎないように、ときどき好きなことをしようと、お互いに約束しました」

その剣幕に驚きながらもそう答えると、両手を強く握られた。

顔を上げると、カミラが思い詰めたような目をして、ノエリアを見つめている。

「どんなに言葉を尽くしても、私達には無理だった。でもあなたなら……」

「カミラ様？」

泣き出しそうな声だった。

先ほどまで楽しそうに笑っていた彼女の急激な変化に驚く。だが、痛いくらい握られた手が、彼女の思いの深さを物語っていた。

カミラは何を思っているのだろう。

それを聞かなければならない。

そう思ったノエリアは、自分からも彼女の手を握り返す。

「私にできることがあるなら、何でもします。ですから、どうぞおっしゃってください」

そう告げると、カミラははっとしたように手を離した。それから、心を落ち着かせるように、自分の胸に手を当てている。

「……ごめんなさい。少し、動揺してしまって」

そう言ったあと、彼女はしばらく、話の糸口を探るように目を閉じていた。ノエリアは静かに、カミラの言葉を待つ。

「あの男……イバンが私達を執拗《しつよう》に追ってきたのは、最初の一年くらいだったわ。前にも言ったかもしれないけれど、国王になったあとは、むしろ私達を助けようとした人達を迫害するようになったの」

やがて心の整理がついたのか、カミラは静かに語り出す。

たくさんの人達が、自分達を守るために犠牲になってしまった。

そう言っていたことを思い出して、ノエリアも唇をきつく噛《か》み締《し》める。

「イバンは本当に卑劣な男よ。手を貸してくれた人達を迫害するほうが、アルには効果的だと知っている。だからそうしたの。事故当時、彼はまだ十三歳だったのよ。両親を殺され、助けてくれようとした人達も次々にイバンの手に掛かって。どれだけつらかったか」

「そんな……」

アルブレヒトは兄と同い年だと知り、ノエリアはそのときのことを思い出してみる。父は、まだ幼さの残る少年だった兄が後継者争いに巻き込まれ、政治的に利用されないようにと守っていた。

それなのに同い年のアルブレヒトは、そんな過酷な戦いに身を置いていたのだ。

そしてその戦いは、八年後の今もなお続いている。

「今のアルブレヒトは、王位奪還でも両親の仇《かたき》を取るためでもない。支えてくれる仲間と、盗賊として処刑されてしまった仲間達の名誉を回復させるために動いている。すべて、仲間達のため。だから私達がどんなに言っても、まったく聞いてくれなかったの」

もう少し休んだほうがいい。

もっと、自分のことも考えたほうがいい。

ライードと、そう言い続けてきたのだとカミラは語った。

「でも、だめだった。アルは仲間のため、その名誉を回復させることができるのなら、自分はどうなってもかまわないとさえ思っている」

ノエリアは、さきほどのカミラのようにきつく手を握りしめていた。

十三歳のときから、敵《かな》わない相手とずっと戦い続けてきたアルブレヒトが、そう考えるようになってしまったのは、狡猾《こうかつ》なイバンの作戦だ。

そのために、執拗に仲間達を狙い続けてきたのだろう。

カミラのイバンに対する憎しみの理由が、わかった気がした。

「それなのにノエリアには休むと約束してくれた。こんなに嬉しいことはないわ。あなたのお陰で、アルの心にも少し変化があったのかもしれない」

「でも、私は何も……」

アルブレヒトに良い変化をもたらすことができたとしたら、それはとても嬉しいことだ。

でも、明確に何かしたわけではない。

だから戸惑いがあった。

「アルは、ずっとひとりだったから。きっと、あなたがきてくれて嬉しかったのよ」

ひとり、という言葉が胸に刺さる。

彼のどこか寂しそうな瞳が目に浮かんだ。

「でも、カミラ様がいらっしゃるのに」

「私は、イースィ王国の人間だもの。彼にとっては巻き込まれた被害者でもあるわ。他の人達も、自分に協力してしまったために、こんな状況に追いやられてしまったという負い目がある。だから、ひとりですべて背負っているの」

でも、とカミラは、ノエリアを優しい瞳で見つめる。

「あなたは、アルが救出することができた唯一の人よ。あのままだったら、いつか殺されていたかもしれないと言っていたわね」

「ええ。ロイナン国王はそのつもりだったようです」

「アルと関わって、良い方向に変わった人はあなたが初めてだから。それにあなたはイースィ王国の公爵令嬢だけれど、ロイナン王家の血を濃く引いている。両親や身内を失ってしまったアルにとって、近しい身内はもう、あなたとあなたの兄上だけよ」

他国の公爵家の嫡子である兄まで、国王に推す声があったくらいだ。王家の血筋は、ほとんど残っていないだろうと察していた。

でも、自分と兄だけだとは思わなかった。

アルブレヒトの両親である前国王夫妻を除けば、病死が多いらしい。おそらく、あまり身体が丈夫な家系ではないのだろう。

だがその王家の直系の人間の少なさが、あの男に野心を抱かせてしまったのかもしれない。

「アルが、あなたを大切にしたい、守りたいと思う気持ちが強くなっても、それは仕方がないと思うわ。負担に感じることもあるかもしれないけれど、どうか受け入れてあげて」

「……はい」

ノエリアは静かに頷いた。

これからは、アルブレヒトがノエリアのためにしてくれたことは、たとえどんなことであっても受け入れようと決意した。

それでも心が沈むのは、彼の孤独と過酷な生きざまを知ってしまったから。

（私はお兄様が迎えに来たら、イースィ王国に帰らなくてはならない。でも、アルをここに残して行くなんて……）

カミラはあなたが来てくれて本当によかったと告げて、去っていった。

ひとりになっても、今まであれほど夢中になっていた本を、もう読みたいとは思えなくなっていた。

ノエリアは椅子に座ったまま、机の上に置かれた本の表紙を見つめる。

髪を優しく梳いてくれた手。

ノエリアのために、使っていなかった書斎を綺麗にしてくれたこと。

彼がしてくれたことを思うたびに、胸が疼《うず》いて苦しくなる。

（アル、あなたをひとりにしたくない。傍にいてあげたい……）

でも同時に、彼がけっしてそれを望んでいないということもわかってしまう。

アルブレヒトが望んでいるのは、ノエリアが兄のもとに無事に帰り、幸せに生きることだけだ。

ノエリアだって、彼の幸せを願っている。

でも彼の幸せとはいったい何だろう。

（ロイナン国王となっているイバンを倒さなければ、彼に平穏は訪れない。だから私とカミラ様がイースィ王国に帰って、お父様にすべてを話し、アルを支援しなければならないわ）

何もできずに傍にいるよりも、離れたほうがアルブレヒトの役に立てる。

苦しいが、それが現実だ。

だからせめて兄から迎えが来るまで、彼と一緒にいよう。

ノエリアはそう決意して、立ち上がった。

案内してもらった書斎には、興味深い本がたくさんあった。でも今は、本を読むよりもやりたいことがある。

部屋から出て、アルブレヒトのもとに向かう。

兄はきっと、すぐにノエリアを捜し出してくれるだろう。

時間はあまり残されていなかった。


朝、身支度を整えるとアルブレヒトが部屋を訪れて、ノエリアの髪を丁寧に梳かし、綺麗に結んでくれた。

それからふたりで朝食を食べる。

すっかりそれが、あの日からの習慣になっていた。

けれど、ある朝。

身支度を整えてしばらく待ってみても、アルブレヒトが部屋を訪れることはなかった。何かあったのかと不安に思いながら、何とか自分で髪を結んで、部屋の外に出てみる。

すると慌てた様子のカミラの姿を見かけた。

「あの」

何だかとても忙しそうだったが、思わず声を掛けてしまっていた。彼女はすぐに振り向き、ノエリアを見てほっとしたような顔をする。

「ああ、よかった。呼んでもいいか迷っていたの。少しお願いしたいことがあって」

「私にできることなら、喜んで」

役に立てるのが嬉しくてそう答えると、カミラはノエリアを連れて、さらに屋敷の奥に移動する。

「アルが少し体調を崩したみたいなの。だから、傍にいてあげて」

「え、アルが？」

今朝、部屋を訪ねてこなかったのはそんな理由だったのかと、ノエリアは慌てる。

「大丈夫でしょうか……」

「ええ、そんなに心配しなくても大丈夫よ。きっとあなたと再会できて、気が抜けたのね。今日一日ゆっくりと休めば、すぐに回復するわ」

私達が傍にいると、かえって無理をしてしまうだろうから。カミラはそう言って、アルブレヒトの部屋に案内してくれた。

「お願いね」

彼女はそれだけ言い残して、忙しそうに来た道を戻っていく。

男性の部屋に入る恥ずかしさよりも、アルブレヒトの容態が気になって、ノエリアは軽く扉を叩いたあとに、返事を待たずに部屋の中に入る。

途端に、ひやりとした空気が身体を包み込んだ。

いつも暖炉に火が入れられていたノエリアの部屋に比べると、ここはとても寒い。

それに明かりもないらしく、薄暗かった。

ノエリアはゆっくりと歩いて窓までたどり着くと、朽ちてボロボロになっていたカーテンを、裂いてしまわないようにそっと開く。

朝の光が部屋の中を照らし出す。

アルブレヒトは、狭い寝台の上で眠っていた。

疲れ果てたような様子に、胸が痛む。

こんな山奥で隠れ住むような生活では、体調を崩したりしても薬を買うこともできない。ただこうして身体を休めるしかないのだろう。

この狭い部屋には暖炉も、椅子さえもない。ノエリアは寝台の傍に近付くと、床に膝をつき、そっとアルブレヒトの手を握る。

まだ幼い頃、怖い夢を見たと泣くと、必ず兄がこうして朝まで手を握ってくれた。その温もりに心が落ち着いて、ゆっくり眠ることができたことを思い出す。

(私には、こんなことしかできないけれど……)

少しでも彼が回復するように、穏やかに眠れるようにと、必死に祈りを捧《ささ》げていた。

「……ノア？」

ふと、幼い頃の愛称で呼ばれ、驚いて顔を上げる。

目を覚ましたらしいアルブレヒトが、握っていたノエリアの手を引き寄せて、頬を寄せた。

「よかった。ノアにもセリノにも、もう二度と会えないかと思っていた……」

触れた頬は、随分と熱い。

熱が出ているのかもしれない。

早く部屋を暖めて、額を冷やして、それから着替えもした方がいい。

そう思っているのに、縋《すが》るような手を放すことができなかった。

昼になってカミラが様子を見に来るまで、ずっとそのままアルブレヒトの手を握っていた。

「ごめんなさい。椅子も用意せずに、あなたにこんなところに座らせてしまうなんて」

カミラは何度も謝罪してくれたが、ノエリアは首を横に振る。

「私なら大丈夫です。むしろカミラ様に気を遣わせてしまうなんて」

ふたりで何度も謝り合い、最後はライードに止められた。

「あの、アルは大丈夫でしょうか？」

様子を見てきたライードにそう尋ねると、彼は優しい顔をして頷いた。

「はい。熱も下がったようですし、明日の朝には回復するでしょう」

「……よかった」

ほっと息を吐く。

ロイナン王家の人間は身体が丈夫ではない人が多く、病死が多いと知っていたので心配していた。

けれどライードの言っていたように、翌朝には回復した様子だった。

安堵《あんど》しながらも、あのときの彼の言葉が、ノアと呼んでくれた優しい声が頭から離れない。

カミラには、恥ずかしいから付き添っていたことは内緒にしてほしいと頼んだので、アルブレヒトはあのときのことを知らない。

だから、どうして幼少時の愛称で自分を呼んでいたのか、聞く機会を失ってしまった。

けれどまだ、聞く勇気が持てない。

きっとその頃の記憶には、自分が忘れてしまいたいと強く願ったことも含まれている。


その翌々日には、アルブレヒトはいつも通りノエリアの髪を整えてくれた。

この日の朝食は、カミラも一緒だった。

朝食のあとにアルブレヒトはライードと外出し、ノエリアはカミラと話をしながら、彼女を手伝って縫い仕事をしていた。

あのカーテンやシーツなどは、すべてカミラが仕上げたらしい。王女の意外な特技に驚くが、カミラは最初の頃はひどいものだったと、明るく笑う。

「でも、すごいです。こんなに綺麗に……」

「他にすることがなかったからよ。料理もまったくできなかったし、掃除なんてかえって汚すだけだったから。それに、誰だって八年もやったら上手《うま》くなると思うわ」

そう言うけれど、ノエリアは指を刺さないようにするのが精一杯だった。カミラの倍以上の時間をかけても、ほとんど進まない。

それでも手伝える仕事があるだけで、心が落ち着く。

カーテンのほつれを苦心しながら直していたノエリアは、ふとカミラが大切そうに針を入れているものが気になって、手を止めた。

ノエリアの視線に気が付いたのか、カミラは顔を上げて微笑んだ。

「これは、お守りよ」

「お守り、ですか？」

「ええ。守護の紋様を縫い込むの。これを身に付けていると、災厄から守ってくれるのよ」

このロイナン王国に伝わる伝統で、カミラは匿《かくま》ってくれた女性から教わったらしい。

アルブレヒトのためだろうか。

ノエリアがそう思ったのが伝わったようで、カミラはライードのためだと言って笑った。

「彼は今、私の護衛なの。もう誰ひとり、私のために死んでほしくないから」

そう言うカミラの横顔も、深い悲しみに満ちている。だがノエリアが何か言うよりも先に、彼女は笑みを浮かべた。

「ノエリアもアルに作ってみる？　刺繍《ししゅう》は難しいかしら？　私もまだ、それほど上手くはできないのよ」

そう言われてノエリアは、大きく頷いた。

「はい。やってみたいです」

少しでも、ほんの少しでも彼を災厄から守ってくれるのならば。

そう思ったノエリアはさっそく、カミラに習って作り始めた。

守護の紋様は、手のひらほどの大きさの布に刺繍をしなければならない。これを上着の裏地などに縫い込むそうだ。

カーテンをまっすぐに縫うことさえ難しかったノエリアには、無理かもしれないと思っていた。

けれど、不思議と思っていたほど苦戦しなかった。

カミラと比べても、そう大差がないくらいだ。

アルブレヒトのために何かできることが嬉しくて、本を読むことさえ忘れて、夢中になっていた。

この日も一日中、カミラと一緒に過ごし、夕食のあとはひとりで部屋に戻る。

今朝早く出かけたアルブレヒトとライードは、まだ戻っていないようだ。

ならば眠るまでの間、刺繍を続けよう。そう思って寝台の近くまで机を移動させると、その上に燭台《しょくだい》を置いた。

慎重に、針を進める。それでも慣れていないノエリアは、何度も指を刺してしまった。

「……っ」

今度は深く刺してしまったようで、指に玉のように丸く血が滲《にじ》む。

刺繍を汚してしまわないように、慌てて別の布で指を押さえた。

「……難しいわ」

中央部分は細かくて、さすがに苦戦していた。それでもこれだけは、自分ひとりで仕上げたい。

もう一度針を持とうとしていたノエリアは、ふと風の音が強くなってきたことに気が付いて顔を上げた。周囲に生い茂った木の枝が窓を叩き、獣の遠吠《とおぼ》えのような音が響き渡る。

どうやら悪天候になってしまったらしい。

まだ戻らないアルブレヒトのことが心配で、暗い空を見上げようとした瞬間。

周囲がぴかりと明るく光る。

続いて、地鳴りのような音が建物を震わせた。

雷鳴だ。

「……っ」

古い窓枠ががたがたと震え、ノエリアは息を呑《の》む。

昔から雷は苦手だった。

さらに、建物が古いせいか、それとも山頂が近いせいかわからないが、今までとはくらべものにならないくらいの轟音《ごうおん》に、身が竦《すく》む。

続いて、激しい雨まで降ってきた。

（どうしよう……。怖い……）

せめてカーテンをきっちり閉めれば、少しは音を抑えられるかもしれない。そう思って手を伸ばす。

「きゃあっ」

だが、その瞬間に雷鳴が大きく鳴り響き、ノエリアは悲鳴を上げて座り込んでいた。

床に座り込んで目を固く閉じ、両手で耳を塞ぐ。

風も強くなっているらしい。

吹きつける風が古い木の窓枠をがたがたと揺らし、わずかに開いた隙間から雨とともに入り込んできた。

雨はノエリアの身体に容赦なく降り注ぎ、さらに運の悪いことに、それが机の上に置いてあった燭台の炎を消してしまう。

「！」

深淵《しんえん》の闇の中に、轟《とどろ》く雷鳴と激しい雨の音が響き渡る。

ノエリアはもう動くこともできず、うずくまって震えていた。

「アル……、助けて……」

思わず助けを求めて呼んだ名前は、父でも兄でもなく、アルブレヒトのものだった。

彼はまだ戻っていない。

もう夜になるし、こんな天気だ。

どこかで雨宿りをしているのかもしれない。

「アル……」

だから呼んでも無駄だとわかっているのに、縋るように、繰り返し彼の名前を呼んでしまう。

何度目かの雷鳴。

轟音に身を竦ませた、そのとき。

「ノエリア？」

扉の向こうから、待ち望んでいた声が聞こえてきた。

それを聞いた瞬間、涙が滲んでしまうほどの安堵を覚えた。暗闇の中、声がした方向に歩いていく。

「アル、どこ？」

「ここにいる」

必死に手を伸ばすと、温もりが包み込んでくれる。

しっかりと手を握り合った。

「無事か？」

気遣ってくれる言葉に声も出ず、こくこくと頷く。

暗闇で顔は見えないけれど、この優しい声。

そしてこの腕の感触は、間違いなくアルブレヒトだった。

「雨に濡《ぬ》れているな。窓が開いたのか？」

「風で、少し」

そう答えると、アルブレヒトはノエリアを腕に抱いたまま、手を伸ばして窓をきっちりと閉めてくれた。

「待って！」

「蠟燭《ろうそく》は……。濡れていてだめだな。代わりを持ってくる」

部屋を出ようとした彼に、必死に縋る。

「灯《あか》りはなくてもいいから。だから、傍にいて」

まだ雷鳴は続いている。

優しい温もりに触れてしまうと、またひとりになってしまうのが恐ろしかった。

困ったように笑う気配。

優しく宥《なだ》めるように、そっと肩に触れる腕。

「お願い」

「わかった。だが、そのままでは風邪を引いてしまう。まず着替えをしたほうがいい」

「ええ」

カーテンを閉めようとして窓の近くにいたため、ノエリアはわずかに開いた窓の隙間から入り込んできた雨で、すっかり濡れてしまっていた。

　こうして少し落ち着くと、寒さを感じる。

　たしかにこのままでは、体調を崩してしまうかもしれない。

「外に出ている。着替えが終わったら声をかけてくれ」

「あ、待って」

　それがわかっていてもひとりになるのが怖くて、思わず呼び止めてしまう。

「お願い、ここにいて」

　異性の前で着替えをするなんて、はしたないことだとわかっている。

　でも、先ほどまで胸を支配していた心細さは、容易に消えそうにない。それに灯りのない部屋の中は、何も見えないくらい暗い。これなら傍にいてもわからないくらいだ。

　アルブレヒトは戸惑っているようだ。

　それでもノエリアを安心させるような声で、こう言ってくれた。

「わかった。入り口の近くで、後ろを向いている。風邪を引くといけない。はやく着替えたほうがいい」

「ありがとう。わがままを言って、ごめんなさい」

　そう謝罪すると、そっと髪を撫《な》でられる。

「こんなに濡れて、かわいそうに。怖かっただろう。もう大丈夫だから、安心していい」

　兄のような優しい言葉に、不安に震えていた心が優しく宥められていく。

「ごめんなさい。すぐに着替えるから」

ノエリアは手探りで新しい衣服を取り出し、急いで着替えようとした。

アルブレヒトは言葉通り、入り口近くで後ろを向いているようだ。

自分で頼んだこととはいえ、アルブレヒトがいる部屋で着替えていることが恥ずかしくて、手早く済ませようとして急いだ。

でも、あまりにも慌てていたのかもしれない。

「きゃっ」

濡れたワンピースの布地が肌に貼りつき、足を取られて転びそうになってしまう。

「ノエリア？」

とっさに体勢を整えることはできなかった。

身動きが取れず、そのまま転ぶしかないと覚悟をしたノエリアを、咄嗟に手を伸ばしたアルブレヒトが受け止めてくれる。

だが、彼も暗闇の中で距離感がうまく摑《つか》めなかったのだろう。

支えようとして伸ばしたアルブレヒトの両手は、ノエリアを真正面から抱きしめる形になってしまった。

「あっ」

「！」

しっかりと抱きしめられ、ノエリアは息を吞む。

濡れた身体に感じる、彼の温もり。

吐息が感じられるくらい、密着している。

小柄なノエリアは、アルブレヒトの腕の中にすっぽりと納まっていた。

どきりと胸が高鳴った。

(どうしたらいいの。私、こんな格好で……)

服を脱ぎかけた姿で抱きしめられていることに気が付いて、ノエリアは慌てて彼から離れようとする。

それなのにノエリアの肩に回されたアルブレヒトの腕は、少しも緩まない。

「アル？」

思わず名前を呼ぶと、彼ははっとした様子で、ようやく手を離してくれた。

「怪我《けが》はないか？」

「ええ、ごめんなさい。少し慌ててしまって」

「気を付けろ。ああ、でもやはり、灯りはあったほうがいいな。雷もようやく止《や》んだようだ。代わりの蠟燭を取って来るから、待っていてくれ」

アルブレヒトはそう言うと、止める暇もなく部屋から出ていく。

ノエリアは呆然《ぼうぜん》とその後ろ姿を見つめた。

あまりのことに、羞恥を感じる暇もなかった。

それに、触れ合った腕から感じた動揺。

ノエリアを抱きしめた彼の腕は、かすかに震えていた。

いつも優しく穏やかなアルブレヒトは、どんなときも冷静だった。そんな彼が見せた激しい動揺に、心が乱されていく。

優しい彼のことを、いつしか兄のように思っていたのかもしれない。

でも、兄妹《きょうだい》のようだったふたりの関係が、これからは変わってしまうような気がした。

それは少し寂しくて、怖くて。

そして、不思議な胸の高鳴りを覚えるようなできごとだった。

窓の外はいつのまにか静かになっていた。

嵐はようやく過ぎ去ったようだ。

彼が戻らないうちに着替えをしようと思いながら、ノエリアはなかなかその場から動けずにいた。

それでもようやく着替えをして、濡れてしまった髪を乾かしていると、ようやくアルブレヒトが戻ってきた。

もういつもと変わらない穏やかな顔で、新しい蠟燭に火を灯し、濡れてしまった髪を丁寧に乾かしてくれる。

「ありがとう、アル。あの……」

「嵐は通り過ぎたようだな。だが今日は、もう休んだほうがいい。寒くはないか？」

「ええ、平気よ」

ノエリアはそう答えながらも、アルブレヒトを見つめる。

ふたりの関係がどう変わってしまったのか、見定めようとした。

でもアルブレヒトはノエリアの目を見ようとしない。視線を逸《そ》らしたまま、言葉だけは優しくおやすみと告げると、去っていく。

しばらくそのまま立ち尽くしていたノエリアは、やがて大きく息を吐いて寝台の上に座った。

考えすぎだったのだろうか。

でもあのとき感じたアルブレヒトの動揺は、間違いなく本物だった。

これから彼と、どう接すればいいのだろう。

いくら考えても答えはでない。

でも考えずにはいられなくて、ノエリアは嵐が去ったあとの夜空を、いつまでも眺めていた。

だが、そんなノエリアの心配は杞憂《きゆう》に終わった。

あれからアルブレヒトやライードを始めとした男性陣はほとんど姿を現さず、カミラや他の女性達とばかり過ごしていた。

彼らはどうしているか尋ねると、カミラはどう答えたらいいのか迷っている様子だった。困らせてしまったのかと思って慌てたが、やがて彼女は真剣な顔でノエリアを見つめる。

「アルは、あなたにはなるべく知らせないようにと言っていたわ。でもあなた自身にも関わりのあることだから、知っておいた方がいいと思うの」

「……はい。私も聞きたいです」

ノエリアは、カミラの言葉に同意するように頷いた。

たしかに兄のように過保護なアルブレヒトなら、何も話してくれないだろう。

けれど、ノエリアも当事者である。

何もできないかもしれないが、ただ守られているだけでは嫌だった。

「そうよね。私も最初の頃、何も教えてくれない彼と大喧嘩《おおげんか》をしたことがあるのよ」

過去を思い出したのか、深刻な顔をしていたカミラの表情が和らぐ。

「喧嘩、ですか？」

「ええ」

カミラは懐かしそうに目を細めた。

「私の方が六歳も年上だったのに、まだ十三歳のアルに対して、ひどいことを言ってしまったわ。でも、そのお陰で少しずつ話してくれるようになったの。アルは何でもひとりで抱え込んでしまうから」

慈しむような瞳で語るカミラに、ふたりの絆《きずな》を感じてしまい、何だか胸が痛くなる。

そんなノエリアの視線には気が付かない様子で、カミラは、最近イバンの追撃が執拗になってきたと教えてくれた。

以前なら、市井に潜んでいるアルブレヒトの仲間を見つけ出して捕え、盗賊として処刑するのが彼のやり方だった。

けれどいつまでも盗賊を討伐できない国に、国民の不満も高まってきたらしい。

そこでノエリアの輿入《こしい》れを理由にして、盗賊達を一掃すると宣言し、遭遇したときも執拗に追ってくるようになった。

「そして今回、そんなあなたも殺して、私達のせいにする予定だったそうね」

「……はい」

散々アルブレヒト達を追い詰め、最後はノエリア殺害の犯人にする予定だった。

卑劣な男だと、ノエリアも憤る。

「でもね、もっと卑劣な男がその後ろにいるのよ。八年前から続くこの事件には、私の父、イースィ国王が関わっていたの」

「……っ」

そう静かに語るカミラの言葉に、ノエリアは思わず組み合わせた両手を握りしめていた。

以前。カミラが何も知らずに王都に戻ったら、殺されていたかもしれないと言ったときから、予感はあった。

けれど改めてカミラの口から聞くと、さすがに衝撃だった。

ロイナン国王、そしてノエリアの母国でもある、イースィ王国の国王陛下。

両国の王を敵にして、果たして自分達は生き延びられるのだろうか。

もしかしたら今までも、カミラがイースィ王国に帰れる機会はあったのかもしれない。

けれど前ロイナン国王夫妻とともに、実の父に殺されかけたのだ。

味方のいない祖国に戻るよりも、ここでアルブレヒトとともに隠れ住んでいた方が安全だったのだろう。

「国王陛下は、どうしてこのようなことを……」

アルブレヒトの父である前ロイナン国王は、立派な王だったと聞く。

そのような王が暗殺され、隣国が乱れてしまえば、イースィ王国だって影響を受けてしまうのではないか。

まして事件に巻き込まれたカミラは、王にとっては実の娘である。

カミラは悲しげに笑うと、ふと窓の外に視線を逸らした。

どこから話せばいいのか、迷っている様子だったので、ノエリアは辛抱強くカミラの言葉を待った。

「ロイナン王国とイースィ王国は、遥《はる》か遠い昔、同じ国だったの。知っているでしょう？」

「……はい。一応は」

家庭教師の授業でそう習ったことを思い出し、ノエリアは頷く。

ロイナン王国は、もともとイースィ王国の領土だったのだ。まだこの大陸が国同士で争っていた時代に、イースィ王国から独立した国である。

もう数百年ほど前のことで、今は国際条約で国同士の戦争は禁止されているし、隣国として良好な関係を築いていたはずだ。

少なくとも、アルブレヒトの父の代までは。

「父は、愚かにもかつて分かたれたロイナン王国を併合しようと考えていた」

「そんなことを？」

静かに話を聞こうと思っていたのに、思わず声を上げてしまった。

両国が同じ国だったのは、もう数百年も前のことだ。

カミラも同意するように頷いた。

「そう。今の時代に、他国に戦争を仕掛けるなんて許されることではないわ。でもロイナン王家は病で早世する人が多く、少しずつ人数を減らしていた。王家が途絶えれば、もともとは同じ国だったのだから併合できると考えていたのかもしれない」

カミラは、怒りを堪《こら》えるように両手を握りしめた。

「あまりにも稚拙で自分勝手な考えだわ。とても一国の王とは思えない」

「どうして国王陛下は……」

震える声で、ノエリアはそう呟く。

八年前の事故で、ロイナン王国の直系の王家が途絶えてしまったと思い、そう考えたのではない。

その事故さえ、イースィ国王の陰謀だったのだ。

彼女の言うように、あまりにも乱暴な考えであり、そんなことを本当に実行したなんて信じられない。

「私があの国にいた頃から、イースィ王国の国力は、少しずつ低下していた」

カミラは感情を抑えるように、そう言葉を続けた。

「それは……」

ノエリア自身は町に出たことはなかったが、たしかに父と兄が、王都では失業者が増えているとか、そんな話を深刻そうにしていたと思い出す。

「それに加えて父も、あまり有能な王ではなかったから」

何とか国を立て直そうとした政策は上手くいかず、有能だった前ロイナン国王と常に比較されてきた。

それが、イースィ国王を追い詰めていったのか。

国王は少しずつ、ロイナン王国を敵視するようになった。

「母は侯爵家の娘だったけれど、曾祖父《そうそふ》がわずかにロイナン王家の血を引いていたの。でもそれが、母と私達が父に疎まれていた原因でしょうね」

正妃を遠ざけたイースィ国王は、没落して王城で侍女をしていた女性を愛妾《あいしょう》として迎えた。

貧窮によって一家離散となった愛妾の実家は、もともとは由緒正しい歴史ある家系だったらしい。おそらくイースィ国王は、彼女自身ではなくその血筋を愛したのだろう。

長年蓄積したロイナン国王に対する劣等感が、父の正気を失わせてしまったのかもしれないと、カミラは苦しそうに言った。

「すべて、父のせいだったの。アルブレヒトがこんな目に遭っているのも、あなたが弟に婚約破棄されて、あんな男と結婚させられそうになったのも。ごめんなさい。どんなに謝っても償いきれない……」

気丈なカミラの瞳に涙が浮かぶ。

ノエリアはたまらずに、自分よりも背の高い彼女を抱きしめた。

カミラだって被害者だ。

実の父に殺されそうになり、八年も戦い続けてきたのだから。

そっと慰めるように背を撫でていると、やがてカミラは涙を拭って顔を上げた。

「ありがとう。いよいよ、父と対峙《たいじ》するときが近付いてきたと思ったら、感情が昂《たかぶ》ってしまって。ごめんなさいね」

その言葉に、とうとう兄が動き出したことを知った。

「もしかしてお兄様が？」

「ええ。アルがそう言っていたわ。あなたの兄上は、ロイナン王国の王都に妹が辿《たど》り着《つ》いていないことを知ったのでしょう」

アルブレヒトの仲間の中には、一般市民に紛れて王都や国境の町に暮らしている者もいると聞いていた。彼らの役目は情報収集で、王都とイバンの動きを注意深く探っている。

皆、イバンによって潰された家の友人や恋人などで、市井に潜みながら協力してくれているらしい。

そんな彼らが、兄が動いていると教えてくれたようだ。

結婚してしまえばもうロイナン王国の人間になるが、今のノエリアはまだネースティア公爵家の令嬢である。だから身体の弱い妹のためにと、兄は高価な薬や薬草茶を王城宛に送ったのだという。

それによって兄は、ノエリアのことを常に気にしていること、何かあれば、すぐにでも会いに行くという意志を示したのだ。

身ひとつで王家に嫁がなくてはならないとはいえ、まだ結婚前である。

しかもドレスや装飾品ではなく、身体を気遣った薬となれば、さすがにロイナン国王も受け取らないとは言えなかったようだ。

その兄の行動で、ロイナン国王はノエリアについて、長旅で体調を崩してしまい、穏やかな気候の港町で静養していると発表したようだ。

彼の計画では、ノエリアは海を見たいと我儘《わがまま》を言って港町に居座り、そのうち盗賊に殺されてしまったと発表するはずであった。

けれど兄の話と、実際にノエリアと接触した侍女や護衛兵の話を聞いて、それでは通用しないと考えを変えたらしい。

「たしかに、あなたが我儘を言って、そのせいで盗賊に殺されてしまったと言われても、あなたの兄上は絶対に納得しないでしょうね」

「……はい」

兄は、ノエリアがどんな覚悟でこの国に嫁ぐことを決意したのか、よく知ってくれているはずだ。

そうして兄がノエリアを探していると知ったアルブレヒトは、これを機に大きく動き出した。

国境近くに配置されていた、盗賊を討伐するためにという名目で結成された警備団と戦い続けながらも、兄の手の者と接触できないかと考え、危険だが王都の近くにまで行動範囲を広げているようだ。

（アルと離れてしまうのが寂しい。そう思っていたのが恥ずかしい……）

彼らはノエリアを守るために戦ってくれていたのに、自分のことばかり考えていた。そのことを恥じて、彼らの無事を祈った。

あれから毎日のように、何度も指を刺しながら刺繍をしたお守りも、もうすぐ仕上がる。

たとえここを離れても、無事に生き残ることさえできれば、また会える。

兄もきっと、友人だったというアルブレヒトに力を貸してくれるだろう。


だがノエリアの願いとは裏腹に、戦いは徐々に厳しくなっていたようだ。

ある日の朝。

カミラに誘われて一緒に朝食を食べ、そのあと一緒に刺繍をしていると、ひとりの女性が飛び込んできた。

アルブレヒトもライードも昨晩から不在だったので、ふたりともひどい髪形のまま、自分達で何とかしなくてはならないと話しながら、笑っていたときだった。

「カミラ様！」

飛び込んできたその女性の剣幕に、カミラが顔色を変えて立ち上がる。

「どうしたの？」

「アルブレヒト様達が帰還しましたが、怪我人《けがにん》が多いようで」

「すぐに行くわ。ノエリアはここで待っていて」

「！」

戦っているのだから、誰かが傷つくのはあり得ることだ。

でも、実際にそれを聞いてしまうと動揺して、ノエリアも立ち上がった。

「私も行きます。何か、手伝えることはありますか？」

カミラは迷った様子だったが、それでも一刻を争うと思ったのだろう。

お願いと小さく呟くと、報告に来た女性と一緒に慌ただしく一階に下りていく。

ノエリアも急いで、そのあとに続いた。

怪我の手当てはできなくても、カミラが動きやすいように手助けをすることはできる。

ここに来てから、役に立てるようなことは何もしていない。せめて何か、できることがあれば。

だが、現場は想像以上に凄惨なものだった。

周囲に漂う血臭。

男達の呻《うめ》き声。

一階のホールに足を踏み入れたノエリアは、その惨状を見た途端、動けなくなって立ち尽くした。

「……っ」

血の気が引いて倒れそうになってしまうが、何とか壁に手をついて、深呼吸をする。

（無理を言って手伝いに来たのに、迷惑をかけるなんて。……何かしないと）

必死に自分にそう言い聞かせて前に進もうとするが、足が震えてしまい、もうその場から動けない。

カミラともうひとりの女性は、てきぱきと負傷者の手当てをしている。さいわいにも、命に関わるような怪我人はいない様子だ。

それに少し安堵する。

だが戦いが激化しているのは、たしかのようだ。

（私、本当に何もできない。足手まといにしかならないなんて）

無理を言ってついてきたのにと、自分の不甲斐《ふがい》なさに涙が溢《あふ》れそうになる。でも今は、泣いている場合ではない。震える足に必死に力を込め、歩き出す。

「ノエリア」

そんなとき、ふと背後から声をかけられた。

同時に、手を摑まれる。

驚いて振り返ると、やや険しい顔をしたアルブレヒトがノエリアを見つめている。

「アル」

「顔色が悪い。無理をしてはだめだ。部屋で休んだほうがいい」

そう言って手を引かれたが、ノエリアは首を横に振った。

「無理を言って、連れてきてもらったから。何もしないまま帰るなんてできないわ」

「そんなことを言っている場合ではないだろう」

嫌がるノエリアを、アルブレヒトは有無を言わさずに抱き上げて、そのまま二階に戻ろうとする。

「待って、アル！」

必死に歩いた道のりを、どんどん逆に辿《たど》ってしまう。

いくら抵抗してみても、アルブレヒトにとってノエリアの動きなど、何の妨げにもならない様子だ。

「私、今まで何もできなくて。せめてみんなが大変なときに、お手伝いができればと思ったのに」

「あんな目に遭えば、こうなってしまっても仕方がない。心の傷は、そう簡単には癒えるものではない。無理はしないことだ」

「え？」

何とか逃れようとしていた動きが、そのひとことで止まる。

ノエリアは、なぜ自分が暴力的なものにここまで恐怖を覚えてしまうのか、その理由を知らない。

だがアルブレヒトは、すべてを知っているようなことを口にした。

「アルは、どうして私がこうなったのか、知っているの？」

「……」

答えはなかった。

「知っているのね」

でも、ノエリアは確信した。

やはり記憶が消えてしまっているだけで、アルブレヒトとは昔、出会っている。

「だったら教えてほしいの。お願い」

さらに問い詰めると、彼はようやく口を開く。

「自分を守るために記憶を消したのだろう。忘れているのなら、無理に思い出す必要はない」

「でも私は……」

「忘れたままのほうがいい。俺が言えるのは、それだけだ」

どんなに言葉を尽くしても、アルブレヒトがその考えを変えることはなかった。

彼はノエリアを抱き上げたまま彼女の部屋に入ると、寝台の上にそっと座らせた。

「アル……」

縋るような視線で彼を見上げる。

だが彼がこんなに拒むのは、ノエリアのためだとわかっている。

「近いうちに必ず、セリノからの迎えが来る。だからノエリアは過去のことなどすべて忘れて、これからのことだけ考えていけばいい」

「そんな」

たしかに、あれほどの恐怖を覚えるのだから、つらい記憶なのだろう。でもその記憶の中に、アルブレヒトとの思い出がある。

　ノエリアはそう確信していた。

（だって、あなたとは初めて会った気がしないもの。私達には、共通の思い出があるはず）

　遠い昔。

　何を話して、どんなことをしたのか。

　それを覚えていないことが、悔しくて。

　両手をきつく握りしめて、俯く。

「……わかったわ」

　それでもノエリアは頷くしかなかった。

　諦めたくはなかったが、役立たずのノエリアと違って、彼にはやらなければならないことがたくさんある。

　これ以上、引き留めてはいけないと思うと、引き下がるしかなかった。

「邪魔をしてごめんなさい」

「そんなことはない。……ああ、そうだ」

　アルブレヒトはその場に跪《ひざまず》くと、俯くノエリアを慰めるように、手を握る。

「まだ、約束を果たしていなかったな」

「約束？」

「ああ。俺が気に入っている景色を見せると約束した。もう時間はあまり残されていないから、明日の朝にでも行こう」

「いいの？」

「もちろんだ。だから今日はゆっくりと休んだほうがいい」

「……うん」

本当は納得していなかった。

アルブレヒトも、ノエリアがそう思っていることに気が付いているだろう。

だが彼は何も言わずに立ち去ってしまう。

自分のためだとわかっている。

争いを連想させるものを見ただけで、あれほど恐怖を覚えてしまうのだ。

でもアルブレヒトとの過去の思い出を、諦めることもできない。

ノエリアはしばらく寝台の上に座ったまま、固く目を閉じていた。


その夜は色々なことを考えてしまい、ほとんど眠れずに朝を迎えていた。

ずっと刺繍をしていたので少し頭痛がする。

でもようやく、アルブレヒトのためのお守りを仕上げることができた。

思っていたよりも、ずっと綺麗に仕上がったと思う。

アルブレヒトのために、彼を災厄から守ってくれるようにと、祈りを込めて丁寧に針を刺したものだ。

兄はノエリアの不在を知り、きっと今も行方を捜してくれているだろう。

いつ迎えが来るかわからない。

だからその前にアルブレヒトに渡そうと、汚さないように布の袋に入れる。

それから急いで身支度を整えて、カミラのもとに向かった。みんな無事だったことを聞き、ほっと胸を撫でおろした。

「無理を言ったのに、何もできなくて申し訳ありません」

そう謝罪すると、カミラは首を振る。

「いいえ、私が悪いのよ。私だって最初は血を見て倒れていたし、傷の手当てができるようになるまで二年くらいかかったわ。それなのに、そんなところにあなたを連れて行ってしまうなんて」

怪我人がたくさんいると聞いて、動揺してしまったと彼女は言った。

「アルに叱られるのも当然だわ。本当にごめんなさいね」

「そんな。だって私が……」

「じゃあふたりとも悪くないということで、解決としましょう」

そう言って笑ったカミラは、ふと真顔になる。

「そろそろ旅立つ準備をしておけと、アルに言われたの。あなたも、覚悟はしておいてね」

「……はい」

ノエリアは両手を握りしめて、こくりと頷いた。

兄とアルブレヒトが再会できる日も近いかもしれない。

そうなったらノエリアは、カミラと一緒にここから脱出する。

いくらネースティア公爵家の嫡男である兄でも、すべてを知るカミラを連れ出そうとしたらロイナン国王は容赦せずに追撃するだろう。

戦いを伴う旅になるかもしれない。

ノエリアにとって、相当な覚悟が必要となる。

「今ならまだ、危険はないわ。アルと出かけるのでしょう？」

ノエリアの緊張が伝わったのか、カミラは安心させるように優しくそう言ってくれた。

「……はい」

こくりと頷く。

アルブレヒトは、自分の好きな場所に連れて行ってくれると言っていた。

彼とゆっくり話すのは、しばらく無理だろう。だから今日、出来上がったばかりのお守りを渡すつもりだった。

ふたりきりで出かけるのは初めてだと思うと、楽しみでもあり、少し緊張するような気もする。

「アルと一緒だから大丈夫だと思うけれど、気を付けてね」

「はい、行ってきます」

ノエリアはカミラに笑顔でそう言うと、部屋を出た。

あれほどの惨状だった一階のホールも綺麗に片づけられ、血の匂いさえしない。

ここで暮らすのも、あとわずかである。あとは兄の迎えを待って、カミラとともにイースィ王国に帰るだけだ。

すべて無事に解決することができれば、アルブレヒトとも再会することができるだろう。その前に兄に、彼とどうやって知り合ったのか聞いてみよう。

そんなことを思いながらホールを見回していると、アルブレヒトがやってきた。

「行くか」

「はい」

自然に差し出された手を、そっと握る。手を繋《つな》いだまま邸宅から出て、山道を歩いた。

「ここからそう遠くはないが、疲れたら言ってくれ」

「はい、大丈夫です」

道は狭いが、あまり高低差はなく、歩きやすかった。彼がそんな道を選んで歩いてくれたのかもしれない。

早朝に出発したせいで少し寒いが、歩いているうちに身体も温まっていた。

歩いている間、アルブレヒトはずっと無言だった。

時折、周囲を見渡して目を細めている。

戦いの終わりが見えてきた今、過去のことを思い出しているのかもしれない。

ノエリアも何も言わず、ただ彼の手を握りしめていた。

やがて森が開けて、見晴らしの良い丘に出る。

「わぁ……」

眼前に広がる景色に、ノエリアは思わず感嘆の声を上げていた。

遠くに見える山肌にはうっすらと雪が積もり、太陽に照らされて光り輝いている。

自然とはここまで美しく、威厳さえ感じるものなのかと、目の前の景色にただ見入っていた。

「こんな景色が見られるなんて。連れてきてくれてありがとう」

高揚した気持ちのまま振り返ってそう言うと、アルブレヒトは静かな目でノエリアを見つめていた。

「そうか。気に入ったのなら、よかった」

ノエリアの高揚とは裏腹に、アルブレヒトの様子はどこか寂しげで、思わず手を伸ばして、彼に触れる。

「アル？」

なぜかわからないが、不安が胸をよぎる。

「どうかしたの？」

「いや、何でもない」

アルブレヒトは笑みを浮かべてそう言うと、自分の腕に触れていたノエリアの手を握る。

「ただ、もうすぐこの景色も見られなくなると思うと、少し感傷的になっただけだ」

「アル……」

すべてが終われば、アルブレヒトはこのロイナン王国の国王になる。そうすればもう、こんなふうにゆっくりと景色を眺める暇もなくなるに違いない。

ノエリアだってそれは同じだ。

ロイナン王国の王妃にならなかったノエリアが、今後どうなるかわからない。だがこんなふうに山道を歩くことなど、もう二度とないだろう。

そう思うと、今こうして彼と一緒に過ごしている時間が、とても貴重なものに思える。

「アルと一緒にこの景色が見られて、よかった」

思わずそう呟いた。

アルブレヒトは、優しい顔で頷いてくれた。

渡すのは今かもしれない。

ノエリアはそっと、布の袋を取り出した。

「えっと、これ……」

そっと差し出すと、アルブレヒトはノエリアを見つめる。

「どうした?」

その声の甘さ。

向けられる視線の優しさに、思わず頬が染まる。

胸の鼓動が速くなった気がして、気持ちを落ち着かせようと深呼吸をした。

「カミラ様に習って、私もお守りを作ってみたの。初めてで、あまり出来はよくないけれど。でも、アルにと思って」

ノエリアの言葉を聞いたアルブレヒトは、驚いた様子で目を瞠《みは》る。

「……俺のために？」

こくりと頷いた。

アルブレヒトは、それをノエリアから受けると、布の袋を開いた。

守護の紋様が刺繍された、手のひらほどの布。

こうして見ると、お世辞にもよく出来ているなんて言えるような代物ではない。それなのにアルブレヒトは、それを大切そうに持ち上げて、柔らかく微笑んだ。

「守護の紋様か」

「ええ。アルを守ってくれますように」

祈りを込めてそう告げる。

「ありがとう。きっと効果があるよ」

「……下手でも？」

アルブレヒトが喜んでくれたのが嬉しくて、でも少し恥ずかしくなってそんなことを言ってしまう。

「もちろんだ。以前もらったときは、俺の命を救ってくれた」

その言葉に、少しだけ胸が痛んだ。

ノエリアよりも先に、誰かがアルブレヒトのために、こうして守護の紋様を刺繍したことがある。

カミラだろうか。

そう考えると、ますます胸が苦しくなる。

「そうなのね。でも私は下手だから、比べられると少し恥ずかしいかな」

それを押し隠して笑う。

身分といい、容姿といい、ふたりはとてもお似合いだ。

八年間、ともに過ごしてきた仲間でもある。

「そんなことはない。随分、上達している」

アルブレヒトがぽつりとそう言ったけれど、ふたりの関係に心を奪われていたノエリアの耳には届かなかった。

そのあとは会話もなくただ寄り添って、しばらく目の前の光景を見つめていた。

「ノエリア?」

少しぼんやりとしていたらしい。

アルブレヒトにそう声を掛けられて、我に返る。

「どうしたの?」

彼の手が、そっとノエリアの頬に触れる。

「少し顔色が良くない。昨日、眠れなかったのか?」

「……」

やはりアルブレヒトには見抜かれてしまう。ここでさらに嘘《うそ》を重ねても無駄だろう。

ノエリアは素直に頷いた。

「これからのことを色々と考えていたら、眠れなくなってしまって」

正直に告げると、彼の瞳に心配そうな色が宿る。

「戻るか。少しでも身体を休めておいたほうがいい」

「……はい」

本当ならばもう少し、アルブレヒトと一緒に過ごしたかった。

でもノエリアの体調に関しては、兄のセリノのように心配性になるアルブレヒトが、それを許してくれるとは思えない。

今までも、少し寝不足だっただけで一日中部屋の中で過ごすように言われていたことを思い出すと、頷くしかなかった。

それに、あまり長い時間ふたりきりでいることはできない。ロイナン国王の手の者に見つかったら大変だ。

そろそろ太陽が真上に昇ろうとしている頃、ノエリアはアルブレヒトと一緒に仲間達の元に戻る道を辿る。

アルブレヒトはときどき周囲を警戒しながら、慎重に進んでいた。

もうすぐアジトにしている邸宅が見えてくる。

そうすれば、ふたりきりの時間も終わってしまう。少しだけ感傷的な気持ちになったノエリアは、足を止めて背後を振り返る。

だが足場の悪い山道で、そんなことをするべきではなかった。

「あっ」

途端に足を滑らせてしまい、何か摑まるものはないかと必死に手を伸ばす。

「ノエリア！」

その手をアルブレヒトがしっかりと握ってくれた。

だが、彼はノエリアを引き上げようとした瞬間、小さくうめき声を上げる。

「……っ」

「アル？　まさか昨日、あなたも怪我を」

「……いや」

顔色を変えるノエリアに、アルブレヒトは首を振った。

そしてノエリアの身体を引いてきちんと立たせると、左腕の袖を捲って肌を露出させる。そこには肘から手首にかけて、大きく広がる傷痕があった。

「かなり昔のものだ。たまに痛むくらいで、もうほとんど影響はない」

彼はそう言うが、かなり大きな怪我だったことは見ただけでわかる。

きっと、ロイナン国王となったイバンに襲われたときの傷だろう。

「こんな……。ひどいわ」

目に涙を溜《た》めてそう言うノエリアに、アルブレヒトは不思議なほど穏やかな声で言った。

「俺にとっては、大切な人を守ることができた証拠だ」

「大切な、人？」

あの事件のとき、彼と一緒にいたのはカミラだ。だとしたらアルブレヒトの左腕の傷は、カミラを庇《かば》ったときのものなのか。

（大切って、イースィ王国からの客人として大切だという意味？　それとも……）

アルブレヒトはカミラを、ひとりの女性として大切に思っているのだろうか。

そう考えた途端、胸がずきりと痛んだ。

考えてみれば、八年前。

十九歳だったカミラは、単独でロイナン王国に向かっている。そしてアルブレヒトの父であるロイナン王国の前国王は、そんな王女を自ら別荘に送り届けるほど歓迎していた。

（当時、まだ発表がなかっただけで、イースィ王国のカミラ王女殿下は、ロイナン王国の王太子の婚約者だったの？）

カミラのほうが六歳ほど年上だが、貴族の結婚ではそれくらいの年の差は珍しくはない。

そうだとしたら、婚約者だったふたりが八年もの間、運命をともにしていたのだ。

その間に強い絆が生まれたとしても、不思議ではないのかもしれない。

一度そう思ってしまうと、ふたりの親しさや何気ない会話がすべて、そういうものに見えてしまう。

でもそれを明確にするのが怖くて、はっきりと聞くことができなかった。

（私は……）

聞くのが怖いということは、アルブレヒトに恋をしているのだろうか。

そう自問してみても、答えは出ない。

失われた過去。

そこにあるはずの、アルブレヒトとの思い出を取り戻したい。そうすれば、自分の気持ちがはっきりとわかるかもしれない。

あの白薔薇の夢。

あれは本当にあった出来事なのではないか。

それを知りたくて、隣にいるアルブレヒトを見上げる。でも彼は、どこか遠くを見つめるような目をしていた。

それを見た途端。

さきほどから感じていた違和感が、ますます強くなる。

どうして彼は、こんなにも穏やかで、そして寂しそうな瞳をしているのだろう。

「アル」

不安に襲われて、その名前を呼ぶ。

「どうした?」

「ううん。でも何だか、あなたがいつもと違うような気がして」

不安を訴えると、アルブレヒトは笑みを向けた。

「ようやく悲願を果たすことができる。そう思うと、やはり感慨深くてね」

彼は立ち止まり、空を見上げた。

そう、八年にも及ぶ戦いが今、終わろうとしている。

アルブレヒトは王となり、この国の本来の姿を取り戻すだろう。

だが彼は、ノエリアが想像しなかった言葉を口にする。

「ノエリアとカミラを無事にネースティア公爵とセリノに託して、盗賊として殺されてしまった仲間達の名誉を回復する。それさえ叶《かな》えば、俺は満足だ」

（満足？）

王位を取り戻し、この国を元の平和で美しい国にする。

それが彼の目的ではなかったのか。

そう問おうとしたノエリアは、カミラの泣き出しそうな顔を思い出して口を閉ざす。

（ああ、だからカミラさんは……）

長く続いた戦いと過酷な生活で、彼の心は本人が思っている以上に、疲弊しているのだろう。仲間を攻撃し続けたロイナン国王の作戦は、それだけアルブレヒトに効果的だった。

アルブレヒトの望みは、カミラとノエリアの無事と、死んでいった仲間達を盗賊などではなかったと証明することだけ。

彼自身の望みや未来への希望などは、何もない。

ずっと傍にいたカミラの声が届かなかったのに、自分の声が届くとは思えない。

そうだとしても、そんな卑劣な男のせいで彼が未来を諦めてしまうことが、許せなかった。

ノエリアは、アルブレヒトの手を握りしめる。

「ノエリア？」

ここではないどこか遠くに向けられていたアルブレヒトの視線が、ノエリアに移る。

「アル。間違えないで。彼らの本当の望みは、自分達の名誉を回復させることではないわ」

その瞳をまっすぐに見つめて、ノエリアは語った。

本当はアルブレヒトも知っているはずだ。きっと彼なら、それを思い出せると信じている。

「もうすぐそこだから、先に行くね。綺麗な景色を見せてくれてありがとう。今日のことは、一生忘れないわ」

そう言って、先を歩く。

アルブレヒトは立ち止まり、考え込んでいる様子だった。

そんな彼の姿を、ノエリアはしばらく見つめていた。

きっとアルブレヒトなら、卑劣なイバンの罠《わな》から立ち直ってくれると信じている。

それでも八年は長い。

まだ時間が必要だろう。

彼をその場に残して、ノエリアはひとりで歩き出した。邸宅までは一本道だし、迷うことはない。

だが、アジトにしていた邸宅が見えてきたとき。

ふいに横から飛び出してきた男が、ノエリアを腕に抱えて走り出す。

「！」

あまりのことに、悲鳴を上げることもできなかった。

男は、険しい山道を恐ろしいほどのスピードで駆け下りていく。

「は、離して！」

ようやく我に返って暴れると、男はノエリアを腕に抱いたまま、生い茂った背の高い草の陰に身を隠す。

逞《たくま》しい腕や俊敏な動きから、彼が相当訓練を積んだ者であることが察せられた。軍人かもしれない。

フードを深く被《かぶ》っているので顔はわからないが、若い男のようだ。

「ご無礼をお許しください、ノエリア様。私はセリノ様の手の者です」

彼は囁《ささや》くようにそう言った。

「え、お兄様の？」

その言葉に、イバンの手の者だと思って抵抗していたノエリアの動きが止まる。

「はい。セリノ様はノエリア様が誘拐されたことを知り、多くの配下をこの国に送り込みました。私もそのひとりです。セリノ様は、国境の近くで待機しておられます。すぐに向かいましょう」

「でも、カミラ様が……」

もし兄からの迎えが来たら、カミラも一緒に連れ出してもらおうと思っていた。彼女が無事に父の保護下に入れば、きっとアルブレヒトも安心する。それにカミラの生存が公になれば、まずロイナン国王の悪事を暴くことができる。

だがアルブレヒト達はまだ、兄の配下と接触することができていないようだ。

あれほど厳しく情報統制をしていたのだから、兄は、ノエリアは盗賊達に攫《さら》われたと思っている可能性が高い。

だから彼も、ノエリアがひとりになった瞬間を狙って接触してきた。

「カミラ様?」

「亡くなったはずのカミラ王女殿下にお会いしたの。私は王女殿下と一緒に帰国するつもりでした。証拠も、ここに」

ノエリアがふたりから預かった指輪を見せると、男は戸惑った様子だった。

「私では、判断することができません。それに、今から山に戻るのは危険です。ロイナン王国の手の者が、あの辺りを探索しています」

「そんな……」

「ここは一刻も早くイースィ王国に戻り、王女殿下のことは、セリノ様にお任せになられては」

「……」

ノエリアは、唇をきつく噛《か》みしめる。

本当は、多少危険でも構わないから、アルブレヒトとカミラの元に戻り、状況を説明してからカミラと一緒に脱出したい。

けれど、もし本当にロイナン国王の手の者が近くにいるのなら、彼らのアジトに案内してしまうことになる。

それだけは、絶対に避けなくてはならない。

どうすればいいか迷っていると、山の麓の方から声がした。かなり遠いが、どうやらロイナン王国の騎士団のようである。

兄と接触しようと、王都近くまで足を延ばしているというアルブレヒト達を追ってきたのかもしれない。

迷っている暇はなかった。

ノエリアは両手をきつく握りしめる。

（アル。ライードに、カミラ様。何も言わずにいなくなって、ごめんなさい）

きっと兄は、彼らを盗賊だと思い込んでいるから、痕跡は何ひとつ残さないようにと命じている。

アルブレヒトは兄が迎えにきてくれるだろうと言っていたが、ノエリアを連れ去ったのが兄の手の者なのか、それともイバンなのかわからずに悩むかもしれない。

でもそれを伝える術《すべ》を持たないノエリアは、ただ急いで兄と合流して、カミラの生存をできるだけ多くの人に伝えることしかできない。

「わかったわ。お兄様のところに連れていって」

男は安堵した様子で頷いた。

「では、こちらへ」

山を下りる道を指し示し、彼は周囲を警戒しながら先に進んでいく。

そして麓に辿り着くと、ひそかに待機していた馬車に乗せられた。馬車はそのまま、イースィ王国の国境に向かうようだ。

どのくらいで到着するだろう。

ここに来たときのことを思い出しながら、ノエリアは先を急がせる。

どんなに馬車が揺れてもかまわなかった。

ノエリアはいつのまにか、首にかけていたふたつの指輪を強く握りしめていた。

幕間《まくあい》　アルブレヒト

アルブレヒトは、ふと足を止めて空を見上げた。

近頃は荒れた天気が続いていたが、今日は珍しく快晴らしい。

青い空を眺めながら、ふと昔のことを思い出す。

懐かしい王城の姿を思い描こうとした。

だが、もはやその記憶は曖昧で、細部まで思い出すことはできない。

今もはっきりと思い出せるのは、白薔薇《ばら》が咲き誇る庭園だけだ。その庭園すら、今はどうなっているかわからない。

アルブレヒトは、感傷を振り払うように首を振った。

上着を脱ぐと、その裏地に縫い付けられていた刺繡《ししゅう》を見る。

さきほどノエリアから手渡されたものと同じ、守護の紋様。

まだ両親が生きていた頃、よく遊びにきていたイースィ王国の公爵令嬢からもらったものだ。

ふたつを見比べて、アルブレヒトは笑みを浮かべる。

(これをノエリアからもらったのは、二回目だ)

彼女は下手だと言っていたが、こうして並べるとたしかに上達しているのがわかる。古いものは、ノエリアが八歳のとき、彼女の母親の手を借りてアルブレヒトのために作ってくれたものだ。

あの日。

刺客は、母が何とか逃がしてくれたアルブレヒトとカミラに容易に追いつき、その刃をふたりにも向けた。

何とかカミラだけは守ろうとして抵抗したが、まだ十三歳の少年と、凄腕《すごうで》の刺客ではまったく相手にならなかった。

斬られ、崖下に蹴り落とされたが、この紋様を縫い付けた上着がかろうじて崖の岩に引っかかり、命拾いをしたのだ。

あのときの上着は血塗《ちまみ》れになってしまったが、この紋様だけは丁寧に取り外し、今でもこうして身に付けていた。

アルブレヒトは、祈りを捧《ささ》げるように瞳を閉じる。

もう一度、同じものをもらえるとは思わなかった。

だがノエリアは昔のことも、この古い紋様のことも覚えてはいないだろう。

それどころか、王城の庭園で交わした約束さえも忘れてしまっている。

だが、あの事件のことを忘れることができたからこそ、彼女はもう一度笑えるようになったのだ。

花のように可憐《かれん》な笑顔が永遠に失われてしまったかもしれないと思えば、ノエリアが約束を忘れてしまったことなど、些細《ささい》なことに思える。

「ノエリアが覚えていなくて、本当によかった」

思わずそう呟《つぶや》く。

このまま何事もなく別れ、彼女の幸せを祈ろう。

イースィ王国にさえ無事に戻ることができれば、ノエリアには最強の守護者がついている。

セリノならば、もう二度と妹に不幸な結婚をさせないだろう。

再会してから、何度そう思ったことか。

それなのに、彼女が自分のために作ってくれたこのお守りが、忘れかけていた闘志を呼び覚ましてくれた。

ノエリアが他の男と結婚するところだったという事実に、怒りとも焦りとも言えるような感情が沸き起こる。

しかも相手は、あの男。

アルブレヒトからすべてを奪ったイバンだ。

これ以上、あの男の横暴を許してはいけない。

――アル、間違えないで。

そう囁《ささや》いたノエリアの声が、耳に蘇《よみがえ》る。

アルブレヒトは、手の中にあるふたつの紋様を握りしめた。

愛するノエリアが、無事を祈って作ってくれたものだ。他の何よりも価値のあるものに違いない。

「ノエリア」

アルブレヒトは小さく、その名前を呟いた。

「ああ、そうだ。俺は間違っていた」

治安の悪化した祖国。

暗い表情の人々。

密告を恐れ、疑心暗鬼になっている貴族達《たち》。

仲間達が本当に望んでいたのは名誉の回復などではなく、美しいロイナン王国を取り戻すことだ。

それこそが、流された血に報いる唯一の方法だった。

ノエリアはそれを思い出させてくれた。

当時十三歳だったアルブレヒトにとって、敵は強大だった。

次々に奪われていく大切な人達。

追い詰められる恐怖によって、いつしか敵を打ち倒すという気持ちが薄れ、ただ仲間達を守れたらいいというものに変化していた。

けれど、あの男はとうとう大切な思い出の少女にまで手を伸ばした。

「イバン。お前が奪ったものはすべて、返してもらう」

この美しいロイナン王国を。

仲間達の名誉を。

そして何よりも大切だった、愛する少女を。

アルブレヒトは前を見据えて歩き出す。

もう迷うことはないだろう。


ノエリアより遅れてアジトに到着したアルブレヒトを迎えたのは、真っ青な顔をしたカミラと、彼女を支えるように立っているライードだった。

「何があった？」

ただならぬ雰囲気を察して声をかけると、カミラは険しい顔をしてアルブレヒトに詰め寄る。

「ノエリアが戻っていないの」

自分よりも先に戻ったはずだと、アルブレヒトは険しい顔をして歩いてきた道を振り返る。

とりあえずカミラを落ち着かせ、護衛にライードを傍《そば》に置いて、アルブレヒトは周囲の様子を探る。

最近は王都近くまで足を延ばしていたから、ロイナン国王の配下と遭遇する危険も増えてきた。けれどノエリアの兄であるセリノの手の者も、近くまで来ていたはずだ。

念入りに調査をした結果、ロイナン国王の配下は、麓までは来ていたが、山中には足を踏み入れていないことが判明した。

ならばノエリアを連れていったのは、セリノの手の者に違いない。

それを聞いてカミラは少し落ち着いた様子だったが、それでも完全に納得したわけではなさそうだ。

「そうだとしても、どうしてあんなふうに連れ去る必要があったの？」

「イバンの情報統制によって、俺達は盗賊としか認識されていない。そのせいだ」

「……そう。本当に、大丈夫なの？」

「ああ。セリノなら必ず、ノエリアを見つけ出すと思っていた」

確信に満ちたアルブレヒトの言葉で、カミラはようやく納得したようだ。

「よかった。これでノエリアの身は安全なのね。でもせめて、最後に挨拶をしたかったわ」

「あの男を倒せば、すぐに会える」

そう言って笑うアルブレヒトを、カミラは驚いたように見つめる。

「ノエリアに、何か言われたの？」

「間違えるな。そう言われただけだ。だが、たしかに俺は間違っていた。キリーが、マクシミリアンが、ディーデリヒが望んでいたのは、自分達の名誉を回復させることではない。昔の、あの美しいロイナン王国を取り戻すことだった」

名前を呼ぶと、懐かしい仲間達の顔が浮かんできた。

もうずっと、思い出すだけで苦痛だったのに、今は彼らが力を貸してくれているような気がする。

「ああ、アル。やっぱりノエリアだけが、あなたを動かすことができたのね」

その言葉で、自分がどれだけカミラを、そしてライードをはじめとした仲間達を苦しめていたのか悟る。

「すまない。俺はいつのまにか、あのイバンの術中に嵌《はま》っていたようだ。だがもう迷わない。一階に全員を集めてくれ。最後の作戦会議だ」

カミラの頬を涙が流れ落ちる。

気丈にもそれを拭って、彼女は頷《うなず》いた。

「ええ、今すぐに」

走り出すカミラを見送ったライードが、アルブレヒトを見つめた。

「ライード、会議が終わったらカミラを連れて、国境を目指してくれ。ノエリアから話を聞いたセリノが、迎えをよこしてくれるはずだ」

「もっと護衛が必要では？」

「いや。大勢のほうが目立つ。イバンが真に脅威に思っているのは、俺ではなくカミラだ。彼女だけは何としても守らなくてはならない。それに彼女を守るのに、お前以上の適任はいないと思っている。……酷なことかもしれないが」

五年ほど前から、ふたりは恋仲だった。

それを知っているのに、引き裂くような真似《まね》をしている。だがアルブレヒトの言葉に、ライードは穏やかな笑みを浮かべて首を振る。

「正直に打ち明けてしまうと、このままふたりで逃げてしまおうかと話したこともありました。イースィ王国の王女と、爵位を剝奪《はくだつ》された貴族の息子では、とても釣り合わない」

カミラはもう死んだと思われている。

身分を明かさずにどこか遠くで暮らせば、添い遂げることは可能だった。

「ですが、主や仲間を裏切ってまで得た幸せに、価値などないと気が付いたのです」

そう言うライードの瞳には、迷いは一切なかった。

「イバンは、私にとっても父の仇《かたき》です。必ず倒しましょう」

「ああ、必ず」

おそらくどちらも、激しい戦闘になるだろう。

だがこれ以上、何も奪われるわけにはいかなかった。

第三章　白薔薇《ばら》の約束

その荷馬車は、イースィ王国の国境に向かう道を走っていた。

かなり大きな街道で、道も整備されている。だが貴族が所有する馬車とは違い、商人の荷馬車はよく揺れた。

左右に商品が積まれた荷馬車はイースィ王国でもかなり大きな商会のもので、数年前にはロイナン王国にも支店が作られていた。

荷物を運ぶために毎日のように出入りしているせいか、ロイナン王国の騎士もあまり警戒していないようだ。

ノエリアは、その荷馬車の中に潜んでいた。

この国に嫁ぐことが決まるまで、ほとんど外に出たことのないノエリアは知らなかったが、兄のセリノはこの商会と懇意にしているらしい。

だからこの馬車に同乗している者は皆、商人の恰好《かっこう》をしていたが、すべて兄の手の者と入れ替わっていた。

「ここから先は、さらに揺れるかもしれません。少し速度を落とさせたほうがよろしいかと」

最初にノエリアを救出した男が気遣うようにそう言ってくれたが、ノエリアは馬車酔いで真っ青な顔をしながらも、首を横に振る。

「一刻も早く、お兄様と会わなくてはなりません。私のことは大丈夫ですから、急がせてください」

ノエリアは外の様子を窺《うかが》いながらそう言った。

商会の者や兄が、事前に手を回してくれていたようで、この荷馬車がロイナン王国の騎士に呼び止められることはなかった。

それでも、この国に来たときよりも警備が物々しくなっていると感じる。

あの山間《やまあい》の邸宅に残っているアルブレヒトとカミラ、そして仲間達《たち》の身が心配でたまらなかった。

(早く、ふたりのことをお兄様に伝えないと)

兄ならば、カミラとアルブレヒトが生きていたと知れば、きっと手を尽くして救出してくれるに違いない。

だが、間に合うだろうか。

「お父様とお兄様はどこに?」

「公爵閣下は、イースィ王国の王都にいらっしゃいます。ですが、セリノ様は国境に一番近い町で、ノエリア様の情報をお待ちです」

それを聞いて、ほっと息を吐いた。

兄がすぐ近くに来ているというのは、朗報だ。国境からイースィ王国の王都までは馬車で十日もかかる。その時間を短縮できる。

「お兄様がいらっしゃるのね。お父様も、このことはご存じなの？」

「はい。セリノ様がすべて、閣下にも報告されております」

こうして順調に走った荷馬車は、その翌日の夜には、ロイナン王国とイースィ王国の国境に辿《たど》り着《つ》くことができた。

無事に通り抜けることができるのか緊張したが、必ずしなければならないはずの荷物検査もなく、すんなりと通過することができた。

事前に警備兵に、多額のお金を渡していたらしい。

助かったのは事実だが、以前のロイナン王国ではあり得なかったことだ。

すっかりと変わってしまった母の祖国。

でもロイナン王国にはまだ、アルブレヒトが残されている。

彼が王となれば、きっと昔のように美しく穏やかな国に戻るに違いない。ノエリアはそう信じていた。

「すぐにお兄様にお会いしたいの。国境を越えても、休憩はいらないわ。一刻を争うことよ」

「……承知いたしました」

兄の配下は一瞬だけ気遣わしげな視線を向けてきたが、ノエリアの強い眼差《まなざ》しを受けて、それを承諾した。

おそらく兄には、充分に休ませるように言われていたのだろう。

たしかに身体《からだ》はとても疲れていたが、それよりも今は、やらなければならないことがある。

その気持ちが強すぎて、イースィ王国に戻ってきたというのに、感傷的になることもなかった。

「ノエリア様、もうすぐ町に入ります。そこでセリノ様がお待ちです」

「……ええ、ありがとう」

言葉通りに、やがて馬車はゆっくりと止まり、馬車を操っていた御者が誰かに丁寧な口調で話しかけている。

それに答える若い男の声。

兄だった。

「お兄様」

ノエリアは思わずそう声を上げていた。

立ち上がり、同乗していた護衛達の間を抜けると、馬車の外に飛び出した。

「ノエリアか？」

声を聞きつけたのか、兄は荷馬車の後方に回り込んでいた。ノエリアは躊躇《ためら》うことなく、兄の胸に飛び込む。

「お兄様……」

「無事でよかった」

優しく髪を撫《な》でてくれる兄の温《ぬく》もりに、張り詰めていた心が解《ほど》けていく。

「もう大丈夫だ。屋敷《やしき》に戻ろう」

そう言って、少し離れたところに停《と》まっていた公爵家の馬車を指す。

「いいえ、私だけ帰るわけにはいきません」

兄は、盗賊達から救出したはずの妹が、強い意志を宿した瞳で自分を見ていることに気が付いて戸惑っている様子だった。

「ノエリア？　何があった？」

「お兄様。私は……」

「とりあえず、向こうの馬車に。話は中で聞こう」

困惑しながらも、兄はノエリアの手を取って、公爵家の馬車に向かう。

たしかに、外で話せるような内容ではないと、ノエリアも素直に従う。

柔らかな椅子に腰を掛けると、今までの疲労が一気に押し寄せてきた。

横になってしまいたい衝動に耐えて、ノエリアは向かい合わせに座った兄に、首から下げていた二つの指輪を手渡す。

「これを見てください」

「……これは」

何気なく受け取った兄は、それがイースィ王家とロイナン王家の紋章が刻まれた指輪だと気が付いて、目を見張った。

そんな兄に、ノエリアはこの指輪を託された事情を説明する。

「イースィ王家の紋章が刻まれた指輪を持っていたのは、銀色の髪をした美しい女性でした。彼女は八年前、ロイナン王国で陰謀に巻き込まれて、今まで姿を隠していたのです」

「……カミラ王女殿下が、生きていらしたのか？」

「はい」

呻《うめ》くような兄の言葉にしっかりと頷《うなず》き、ノエリアはもうひとつの指輪を握りしめる。

「私はカミラ王女殿下から、ロイナン王国の前国王の死は事故などではなく、現国王イバンによる暗殺だったのだと聞きました。そして、この紋章の指輪を持っていた人とも会いました」

兄の手が、指輪を持っていたノエリアの手に添えられた。その手がわずかに震えていることに気が付いて、息を呑《の》む。

「お兄様？」

こんな兄の姿を見るのは、初めてだった。

「まさか。生きていたのか、アルブレヒト」

はっきりと彼の名を口にした兄の言葉は、友人だったと言っていたアルブレヒトの言葉が正しかったことを証明していた。

そこでノエリアは、今までのことをひとつずつ兄に説明していく。

「私はロイナン王国に入ったあと、王都ではなくジャリアという港町に連れていかれました。結婚式までの間、その町に滞在するようにと。王城にはいまだに離縁したはずの方が滞在していて、私の存在は邪魔だったようです。いずれ盗賊の仕業に見せかけて殺すつもりだと、護衛兵が話していました」

ロイナン国王の妹に対する扱いに、死んだはずの友人が生きていたと聞かされ、茫然《ぼうぜん》としていた兄は、憤りを露《あら》わにする。

「ノエリアを、そんなふうに。……なんという男だ」

兄の怒りに、ノエリアもあの護衛兵と侍女の笑い声が耳に蘇《よみがえ》り、唇を嚙《か》みしめる。

彼らは明確に、ノエリアを嘲笑《あざわら》っていた。

「アルは、そこから私を助け出してくれました。彼らは山間にある、昔の貴族の邸宅をアジトにしていたようです。その邸宅で、私はカミラ王女殿下とお会いしました」

「山間に？　彼らは八年前の事件のあと、ずっとそこに身を潜めていたのか」

「ええ。アルはその事件で大怪我《おおけが》をしてしまい、しばらく動けなかったようです。ようやく癒えた頃にはもう、イバンの即位が決定してしまったと言っていました」

「……そうか。一度国王になってしまった男を、その座から引《ひ》き摺《ず》り下《お》ろすのは難しい。国の最高権力者だ。歯向かう者は、罪状を捏造《ねつぞう》していくらでも片づけられる」

兄はそう言ったあと、ノエリアの前で物騒な言葉を口にしてしまったと気が付いて、気遣うように妹を見た。

ノエリアはそんな兄に微笑《ほほえ》みかける。

「お兄様、私は大丈夫です。ロイナン王国で、たくさんのことを見聞きしました。もう以前の世間知らずの私ではありません」

「そう言えるようになるまで、お前の無垢《むく》な心がどれだけ傷ついたかと思うと、この結婚を阻止できなかったことが悔やまれる」

「いいえ、私の苦労など、カミラ王女殿下とアルに比べたら些細《ささい》なものです。お兄様が言っていた通り、国王となったイバンは、アルを助けようとした貴族を次々と取り潰したそうです」

兄はその言葉に顔を顰《しか》めながらも、頷いた。

「おそらく、イバンがもっとも警戒していたのは、国王の死から即位が決まるまでの間だ。国王にさえなってしまえば、いくら王太子が生き残っていようと、どうとでもできると思っていたのだろう。もしアルブレヒトを脅威に思っていたのなら、彼らを盗賊などと呼んで情報統制するよりも、一気に殲滅《せんめつ》してしまったほうがいい」

それをしなかったのは、自らの優位を確信していたからか。

アルブレヒトを追い詰め、苦しむ様を見て楽しんでいたのだ。

「……卑劣な男だ。だが、アルブレヒトのような男には有効だろうな」

「私も、そう思います」

ノエリアも兄に同意して、深く頷く。

イバンは卑劣な男だ。

どんな事情があったとしても、ノエリアは他国から迎え入れた花嫁なのだ。せめて結婚式までは、表面上だけでも大切にする素振りは見せるものだろう。

しかも、彼が自分から望んだ婚姻だ。

だがイバンは一度もノエリアと対面することもなく、王都にさえ近づけなかった。

イバンにとってノエリアは、その程度の存在だった。

ノエリアの話を聞き、同じ結論に達した兄は、イバンに対する怒りを隠そうともしない。

「そんな男がロイナン国王であることを、許してはならない」

「はい、お兄様。私もそう思います」

ロイナン王家に連なる者として、ここは何としてもイバンを倒さなくてはならない。

「まず何よりも先に、カミラ王女殿下を保護しなければならない。イバンも、王女殿下の動きには細心の注意を払っているはずだ。アルは……」

兄はアルブレヒトの名を口にしたあと、こみあげてきた感情を抑え込むかのように口を閉ざした。

「お兄様」

「生きていたとは思わなかった。本当に、アルブレヒトなのか」

その声には信じられないという思いと、本当であってほしいという祈りが込められていた。

ノエリアが想像していた以上に、兄とアルブレヒトは親しかったらしい。

「アルも、お兄様のことを話していたわ。とても親しい友人だったと。それに、お兄様ならば必ず私を捜し出して、救出してくれると確信していたみたい」

その言葉に、兄の顔に笑みが戻った。

「そうか。俺の動きがアルブレヒトの期待通りならば、ノエリアが急に姿を消しても焦ることはないだろう。だとしたら、次は……」

兄は言葉を切り、ついさきほどノエリアが通過してきた国境のほうを見つめる。

「アルブレヒトが俺達に期待しているのは、カミラ王女殿下を救出することか」

「ええ。きっとアルは、私が無事にお兄様のもとに辿り着いて、こうしてすべてを話していることを想定しているはず。だから……」

ノエリアの言葉を受けて、兄も頷いた。

「おそらく王女殿下はもう、国境近くにまで移動しているだろう。俺はカミラ王女殿下の救出に向かう。ノエリアはこのまま父の元に向かえ」

「王都の屋敷にいるお父様のところに？」

「そうだ。その指輪を持ち帰り、父にすべてを話してほしい」

「でもお兄様。ここからだと十日もかかってしまうわ」

そう抗議してみたが、兄は自分を安全な場所に匿《かくま》いたいと思っているようだ。

「その間にすべて終わっているだろう。もう何も心配しなくていい。ノエリアは今までよく頑張った。あとは安全な場所で待っていなさい」

「……」

今までのノエリアだったら、兄の言う通りにしていた。

ロイナン王国に戻れば、今度こそ激しい戦闘を目の当たりにすることになる。巻き込まれてしまう可能性だってあるかもしれない。

「でも……。アルが」

「アルブレヒトのことも大丈夫だ。カミラ王女殿下を無事に救出したら、そのままアルブレヒトと合流する」

「お兄様が？」

兄だって公爵家の嫡男だ。激しい戦闘など経験がない。そんな場所に兄が向かうかと思うと、怖かった。

だが兄は、決意を込めた瞳でノエリアを見つめる。

「九年前に約束をした。アルブレヒトが危機に陥るようなことがあれば、今度は俺が助けると」

「約束……」

「ああ。八年前の事故で、それを果たす機会は永遠に失われたと思っていた。だが、アルブレヒトは生きていた。ならば俺は、彼のもとに行かなくてはならない」

九年前の約束。

それを聞いた途端、胸がどきりとした。

そう、ノエリアはそれを知っている。

兄がアルと、ロイナン王国の王太子アルブレヒトと交わしていた会話を、知っている。

「ああ、お兄様、アルの左腕の傷痕……。あれは八年前の事件のものではなく……」

目の前がくらりとした。

兄が慌てて、倒れかかった身体を支えてくれる。

その腕に縋《すが》りながら、ノエリアは兄を見つめた。

胸の鼓動はどんどん速くなっている。

でも、聞かなければならない。

「……もう少し、昔のものでしょうか」

「ああ、九年前のことだ。何か思い出したのか？」

過去の記憶があいまいなことは、兄もよく知っている。

「少しだけ」

「昔のことは、どれくらい覚えていた？」

だが兄もまたノエリアを気遣い、無理に思い出す必要はないと言っていた。だからこう聞かれたのは初めてだ。

「……お母様が亡くなった日のことは、よく覚えています。でも他のことは、何もわかりませんでした」

亡くなったことは覚えていても、それが何歳の頃なのか、はっきりとしなかった。

「そうか。やはりアルブレヒトのことは何も覚えていないのか」

「はい。アルは、最初に会ったときも、私のことを知っている素振りはまったく見せませんでした。お兄様と友人だったと聞いたときも、何も言いませんでした。私が忘れているのなら、無理に思い出す必要はないと」

でも、兄の言葉で少し思い出したことがあった。

「左腕のあの傷はカミラ様ではなく、私達を……」

「そう、俺達を庇《かば》って負った傷だ」

兄はノエリアの記憶を補うように、ゆっくりと話し始める。

「俺とアルブレヒトが初めて会ったのは、まだノエリアが生まれる前だ。ロイナン王国の王族だった母は、父と些細なことで喧嘩《けんか》をしては、ロイナン王国に逃げ込んでいたらしい」

両親の仲はけっして悪かったわけではない。

ただ爵位を継いだばかりで忙しかった父と、寂しがりやの母が、少しすれ違っていただけだと兄は言った。

ノエリアがまだ幼くて覚えていなかったようなことも、四歳年上の兄はよく覚えているようだ。

「そんなに前から……。それでは私も？」

「ノエリアが初めてロイナン王国に行ったのは、七歳のときだ。人見知りのノエリアが、アルブレヒトにはすぐ懐いて、驚いたことを覚えている」

ノエリアは過去の記憶を探るように目を閉じる。

まだあいまいなところが多いが、わずかに思い出したことをきっかけに、少しずつ記憶が蘇ってくる。

「アルブレヒトは優しかったから。泣いている私に手を差し伸べて、お菓子をくれたの。とても嬉《うれ》しかった……」

ぼんやりと思い出す、幼い頃の自分とアルブレヒトの姿。

兄はもうすっかり彼と親友になっていたから、ふたりとも事あるごとにロイナン王国に行きたがり、父を困らせていた。

「お兄様、ロイナン王国の王城に、薔薇の咲いている庭園はある？」

「ああ、ノエリアはそこがとても気に入っていた。よくアルブレヒトを連れて白薔薇を見に行っていたよ」

「……白薔薇」

思い出した。

ノエリアの目から、涙が零《こぼ》れ落《お》ちる。

最初からロイナン王国の王城に行くことができたら、すぐに思い出していたのかもしれない。

白くそびえたつ王城は、白薔薇に囲まれていた。

その光景を、はっきりと思い描くことができる。

ノエリアのお気に入りは、城の裏側にある庭園だった。

兄がいなかったとき、ノエリアはよくアルブレヒトとその庭園を訪れていた。

手が傷つかないように棘《とげ》を取り、白薔薇を差し出してくれたのは、まだ幼さの残る、十二歳のアルブレヒトだった。

あれは兄と一緒にロイナン王国を訪れるようになって、一年ほど経過した頃だ。

八歳になったノエリアは頬を染めて、それを受け取る。

その頃から本が好きだったノエリアにとって、アルブレヒトは本物の王子様だった。

（ああ、思い出したわ。私は、あなたがとても好きだった……）

ロイナン王国の王城にある庭園で、幼いノエリアはひとりの少年と一緒に歩いていた。

彼はせわしくなく動き回るノエリアが危なくないように優しく見守り、彼女の要求に嫌な顔ひとつせずに付き合ってくれた。

「ねえ、アルブレヒト。白薔薇を摘んでもいい？」

そんな言葉にも、とびきりの笑顔で頷いてくれる。

「もちろん。でもノエリア、薔薇には棘があるからね。指が傷つくといけないから、僕が摘んであげるよ」

アルブレヒトはそう言って白薔薇を摘み、棘を丁寧に取り除いてくれた。

「ありがとう、アル。大好きよ。ずっと一緒にいてね」

「絶対に離れないと約束する。だから僕のためにロイナン王国に来て、この国の王妃になってください」

そう言ってアルブレヒトは、白薔薇を差し出したのだ。

返事はまた、今度会うときに。

彼はそう言っていたのに、その日は訪れなかった。

その事件は、その翌日に起こってしまった。

兄とノエリア、そしてアルブレヒトはその日、ノエリア達の母とともに避暑地である海辺の町を訪れていた。

そこは母がまだこの国にいた頃、毎年訪れていたお気に入りの場所だった。今年は、ノエリアのたっての願いで、アルブレヒトも一緒に来ていた。

とても楽しかった。

綺麗《きれい》な海に、母と兄。

そして大好きなアルブレヒト。

父がいないことだけは残念だったけれど、とても楽しくて、ずっとはしゃいでいたことを思い出す。

海辺で綺麗な貝殻を拾うのに夢中になっていたノエリアは、あまりにもはしゃぎすぎて、疲れてしまった。強すぎる陽射《ひざ》しを避けようと、兄達から離れてつい物陰に入ってしまう。

もちろん護衛の者はいたが、彼らの注意は主に王太子のアルブレヒトに向けられていた。

ふと気が付けば、ノエリアはいつのまにか二人組の男達に囲まれていた。逃げ出す間もなく抱き上げられて、連れ去られそうになってしまう。

悲鳴を聞きつけ、まず兄が駆けつけてくれた。

だが当時は兄もまだ、十二歳の子どもだった。

妹を助けるために駆けつけたものの、ノエリアを攫《さら》おうとした大男にあっさりと振り払われ、砂浜に叩《たた》きつけられてしまう。

「アルブレヒト！　助けて！」

このままでは兄が殺されてしまう。そう思ったノエリアは、必死に彼の名を呼んだ。

アルブレヒトはその声を聞き、護衛の者を連れてすぐに駆けつけてくれた。

だが男達は大勢の兵に囲まれ、逃げられないと見るや、持っていた抜き身の剣をノエリアに振り

下ろしたのだ。

そのときの恐怖が蘇り、身を震わせる。

迫る凶刃から最初にノエリアを庇ってくれたのは、すぐに立ち上がって男に立ち向かった兄だった。自らの身をもって妹を守ろうとした兄の前に、アルブレヒトが立ち塞がる。

男の剣は彼の左腕を切り裂いた。

もしアルブレヒトが庇ってくれなかったら、兄は命を落としていたかもしれない。

だが助かったものの、ノエリアはショック状態になってしまっていた。

殺されそうになったこと。

兄が自分を庇って、斬られそうになったこと。

そして、そんなふたりを庇ってアルブレヒトが斬られて血を流したこと。

それは、まだ八歳のノエリアにとってあまりにも衝撃的なできごとだった。

（ああ、アルブレヒト）

ノエリアの頬に涙が伝う。

どうして彼のことまで忘れてしまったのだろう。

あのときはわからなかった。

でも幽閉されていた海辺の町から救い出してくれたのは、ノエリアの大切な、愛するアルブレヒトだったのだ。

幼い恋かもしれない。

でもそれは、いずれ実を結ぶはずだった。

父は複雑そうな顔をしていたが、ノエリアの母とアルブレヒトの両親は、ふたりの仲が良《い》いことをとても喜んでくれていた。

それなのに。

「海辺のあの事件のせいで、私は記憶をなくしてしまった……」

「そうだ。ノエリアはロイナン王国で過ごした日々をすべて忘れてしまっていた。それだけではない。あの事件を彷彿《ほうふつ》させるようなもの、大声だとか暴力的なものを普通以上に恐れるようになっていたから、父と母は無理に思い出させるようなことはしないと決めていた」

それからノエリアは、ロイナン王国を訪れることはなかった。

だが兄は怪我をしたアルブレヒトを見舞って、何度も彼のもとに通っていたらしい。

「アルブレヒトは、ノエリアのことをとても心配していた。自分が護衛の者を引き連れていったことが、男達を刺激してしまったと」

「そんな。もともとは私が、ひとりであんなところに行ったから」

迂闊《うかつ》な行動が、兄とアルブレヒトを危険に晒《さら》してしまったのだ。

「俺は……」

兄は何かを言いかけて、言葉を切った。

「お兄様？」

「俺はノエリアの心が癒えるまで、手紙も取り次がないと言ってしまった。さらに、あの事件のせいで、アルブレヒトが斬られたせいで妹は記憶を失ってしまったと。アルブレヒトは、俺達を命懸けで守ってくれたのに」

その年に、身体の弱かった母も亡くなっている。

母を亡くし、心に傷を負った妹を抱えた兄は、とてもつらかったのではないかと思う。だからアルブレヒトにそんなことを言ってしまったのだ。

だがその翌年に、アルブレヒトは馬車の事故で亡くなったと知らされた。

そのときのことを思い出したのか、兄の顔が悲痛に歪《ゆが》む。

「お兄様には話していなかったけれど、私、九年前にアルブレヒトにプロポーズされていたの」

昔の記憶を手繰りながらそう告げると、兄は驚いたようだ。

「九年前に？」

「そう。来年の誕生日までに考えてほしいと言われて、まだ返事をしていなかったの」

白薔薇を差し出してくれたアルブレヒトの姿を思い出し、ノエリアは目を閉じる。

父が複雑そうな顔をしていたから、何となく兄にも言えなかった。ただ母は、とても喜んでくれた。

兄はどう思っただろう。

そっと窺うと、兄は優しい顔をしていた。

「そうか。アルブレヒトに再会したら、今度こそ返事をすればいい」

その問いに頷くことはできなかった。

「……それはできないわ。だってアルブレヒトの傍《そば》には、もうカミラ様がいらっしゃるから」

ふたりには、八年間かけて築いてきた絆《きずな》がある。

「カミラ王女殿下と、アルブレヒトが？」

だが、それを聞いた兄の表情が、急に険しくなる。

ノエリアにプロポーズまでしておいて、他の女性と親密になるはずがない。そんなことは許されないと思っているのだろう。

ノエリアは、そんな兄の腕に手を掛ける。

「アルブレヒトが一番つらかったとき、傍で支えていたのはカミラ様よ。私には何もできなかった。それどころか、自分を守るためにアルブレヒトのことさえ忘れていた」

たしかに愛する人が目の前で斬られてしまったら、恐ろしくてたまらない。今だってきっと、恐怖で動けなくなる。

それでも、逃げるべきではなかった。

アルブレヒトのことを、忘れてはいけなかったのだ。

「彼が必死に戦っていた八年間、私はただお父様やお兄様に守られていただけ。そんな私が、何を言えるの？」

「ノエリア」

兄は優しく肩を抱いてくれた。

「お前は何も悪くない。あれは恐ろしい事件だった。まだ幼かったお前が、自分を守ったことは間違いではないよ」

「お兄様……」

優しい兄の慰めに素直に身を委ねながら、ノエリアは瞳を閉じる。

（それでも私は、アルブレヒトを忘れるべきではなかったのよ……）

だが、どんなに後悔しても、もう過去には戻れない。

「ありがとう」

ノエリアは心の痛みを押し隠して、兄の言葉に慰められたふりをした。

アルブレヒトとは違い、兄はそれにまったく気が付かず、安堵《あんど》したような顔をする。

「俺はあの日の約束を果たすために、アルブレヒトのもとに向かう。だからノエリアは王都に……」

「いいえ、お兄様」

ノエリアは首を横に振り、兄を見つめる。

「イースィ王国の王都も、安全とは言えないわ。カミラ様は、あのままイースィ王国に戻っていたら殺されていたかもしれないとおっしゃっていたの」

イースィ王国の国王陛下が、すべての元凶だった。

それを、どうやって兄に伝えたらいいのか悩んでいた。いくら兄でも、にわかには信じがたいことだろう。

「……やはり、そうか」

そう思っていたのに、兄はそれを予想していたかのような言葉を発し、ノエリアを驚かせた。

「お兄様、どうして？」

カミラとアルブレヒトの生存さえ今知ったばかりの兄が、どうしてこの一連の事件の黒幕がイースィ王国の国王陛下だと予想していたのか。

困惑するノエリアに、兄は静かに語ってくれた。

「俺はアルブレヒトが亡くなったと聞かされた日からずっと、あの事件のことを調べていた」

最初は、遺体さえ見つからなかったと言われていた友をせめて弔いたいと、父の手を借りて捜索していたそうだ。

そのうち、あれほどの事故なのに目撃者がひとりもいないこと、護衛などで同行した者は大勢いたにもかかわらず、生存者が皆無だったことに不審を覚えて、独自に調べるようになったと兄は言う。

まだ公爵家の嫡男でしかない兄がこれほどの数の配下を持ち、ロイナン王国に進出するほど大きな商会と懇意にしているのも、すべてそのためだったのだ。

「アルブレヒトに代わって王になったあの男のことも、ずっと見ていた。もしアルブレヒトが亡くなったとされていたあの事件が、本当の事故で、あの男が国王としての職務を全うするのであれば、遠くから見守るつもりだった。だが……」

事故には不審な点が多すぎて、そしてロイナン国王となったあの男は、横暴だった。

「アルブレヒトが継ぐはずだった国だ。それを、あんな男の手に渡したままでいるものか。ノエリアの結婚が決まるずっと前から、俺はそう思っていたよ」

兄の怖いほど真剣な瞳に、ノエリアは息を呑んだ。

何度も調査を重ね、ロイナン王国の内情を探っていた兄は、やがてその黒幕であるイースィ王国の国王までたどり着いていた。

だからノエリアの言葉にも驚かずに、静かに頷いたのだ。

兄は、残されたロイナン王家の血筋の中で、一番上位の男性である。そんな兄が立ち上がれば、今の状況を考えると、ロイナン国王を王位から引き摺り下ろすことも可能だったかもしれない。

「だがそんな俺の動きを、イースィ国王は察していたのだろう。ノエリアがあんな形で婚約を破棄され、ロイナン王国に嫁ぐことになってしまったのは、あまりにも性急に動いた俺のせいだ。そう父にも叱られた」

「……お兄様の？」

「そうだ。妹がロイナン王国の王妃になれば、さすがにもう手が出せないと思ったのだろう」

同時に父はイースィ国王に、ロイナン王家の血を引く息子と娘の命が危ないと警告され、ノエリアは兄の命を守るためにはそれしかないと、覚悟を決めた。

兄はそんなノエリアの覚悟に、立ち上がることを躊躇《ちゅうちょ》した。

家族の愛を利用した、卑劣な手だ。

「国王陛下は、最終的にどうなさるつもりだったのでしょう」

カミラは、イースィ国王陛下の目的は、ロイナン王国とイースィ王国をひとつの国にすることだと言っていた。その目的のためには、最終的には手を組んだはずのイバンが邪魔になるはずだ。

「国王の素質などまるでないのに、権力に固執するイバンを王位につけ、他の王位継承権を持つ者を抹殺させる。そして、あまりにも横暴なイバンを、隣国の王として見過ごすことはできないとして、いずれ倒すつもりだったようだ」

父が調査した結果はそうだったと、兄は語る。

「だが、イバンは予想以上の暴君だったな。表向きだけでもノエリアを正妃として大切にし、王城の奥深くに匿ってしまえば、俺は何もできなかった」

だがイバンは、ノエリアを王都にさえ入らせずに警備の手薄な宿に留め置き、アルブレヒトに奪還されてしまったのだ。

兄の言うように、イバンがここまで横暴だとは、さすがにイースィ国王も思わなかったことだろう。港町に留め置かれたときは、これからどうなるかと不安で仕方がなかったが、それが幸いだったようだ。

「ノエリアが安全な場所にいてくれたら、俺も安心して動くことができる。必ずアルブレヒトとカミラ王女殿下を救出する。だから兄を信じて、ここは任せてほしい」

「……お兄様」

そこまで言われてしまえば、もう何も言えない。

ノエリアは俯《うつむ》いて、両手を握りしめた。

「そう、ですね」

震える声でそう答えるしかなかった。

涙が溢《あふ》れてきて、静かに俯く。

兄と一緒に行動しても、できることなど何もない。むしろ足手まといになってしまう可能性の方が高い。

それなのに、涙が止まらなくて。

「ノエリア」

兄は困ったように、ノエリアの頬に流れる涙を優しく拭う。

「アルブレヒトなら、お前を泣かせるようなことはしないだろうな」

「……ごめんなさい。泣いてもお兄様を困らせるだけだってわかっているのに」

涙を拭い、微笑もうとした。

けれど、ふいに周囲が騒がしくなる。

兄はノエリアを庇うように立ち、馬車の外の様子を窺う。

馬車を守っていた護衛に何があったのか問うと、どうやら国境の向こう側で戦闘があったらしいと伝えてくれた。

「ロイナン王国の兵士が、誰かを追っているようです」

それが、男女ふたりであること。

ふたりは、イースィ王国を目指して逃げていることを聞くと、ノエリアは立ち上がった。

「お兄様、間違いなくカミラ様とライードさんだわ。早くふたりを助けないと」

すぐにでも馬車から飛び出そうとするノエリアを、兄は慌てて制した。

「まずは状況を把握しなければ。部下を調査に向かわせる。もう少し待ちなさい」

「でも！」

カミラが追われているのだ。

もしロイナン王国の兵士に捕らわれてしまえば、そのまま身分を公表することなく、盗賊として殺されてしまうだろう。

今までのロイナン国王の手口を知っているだけに、ただ情報を待つことなんてできなかった。

「ノエリア、落ち着いて。調査の結果が待てないのであれば、もう一度荷馬車に乗り換えて、国境近くまで移動する。そこなら何かあっても駆け付けられるし、調査の結果もすぐに届くだろう」

そう諭されて、ノエリアもようやく少しだけ冷静になることができた。

兄の指示で護衛が動きやすい服を用意してくれたので、ふたりとも商人に扮《ふん》して荷馬車に乗る。

「お兄様、ごめんなさい」

揺れる荷馬車の中で、ノエリアは兄に謝罪した。

「何があってもカミラ様をお助けしないと。そう思ったら、ただ待っていることなんてできなくて……」

「そうだね。今までのノエリアなら考えられないことだ。少し驚いたよ」

兄はそう言うと、そっとノエリアの頬を撫でる。

「すまない。俺の方こそ、お前の心情を気遣う余裕をなくしていた。ただ安全な場所で待っていろと言われても、納得できなかったね？」

「……はい」

ノエリアは素直に頷いた。

たしかに以前の自分ならば、兄の指示通りに動いていた。

けれど詳しく調査をしていたとはいえ、ずっとイースィ王国に留《とど》まっていた兄よりも、ロイナン王国に赴き、アルブレヒト達と直《じか》に接したノエリアの方がずっと、現地の状況を知っている。

ロイナン国王は卑劣な男だ。

そしてカミラとライードは、すぐに助け出さなくてはならないくらい、危険な状態である。

そう訴えると、兄は頷いた。

「わかった。すぐに動けるように、準備をしておく」

窓から護衛にそう指示して、兄は揺れる荷馬車の中で、ノエリアを見て感慨深そうに目を細める。

「それにしても、おっとりとして世間知らずだったノエリアは、もういないということか。きっと良い王妃になれるだろう」

もちろん、ノエリアが嫁ぐべきなのは、偽りの王ではない。このロイナン王国の正統な後継者である、アルブレヒトだ。

そう言われて、恥ずかしくなって俯く。

「でも、お兄様。アルにはカミラ様が」

「……それがまだ、納得できなくてね」

兄はそう言うと、難しい顔をした。

「幼い頃から、アルブレヒトとノエリアの仲睦《むつ》まじい様子は、ずっと見てきた。何をしていても意見が合い、楽しそうにしている様子を見て、運命の恋というものが存在すること、幼いうちにその相手に出逢《であ》うこともあるのだと知ったくらいだ」

だからこそ、アルブレヒトがノエリア以外の女性を愛することなどあり得ない。

兄はそう断言した。

「本当にカミラ王女殿下と恋仲だというのなら、それが本物のアルブレヒトであるのかさえ怪しいと思う。それに、決定的な言葉をふたりから聞いたわけではないだろう?」

「……それは。でも、アルは腕に残った傷痕を、大切な人を守れた証《あかし》だと」

そう言いかけて、ノエリアは思い出す。

アルブレヒトの腕に残された傷痕は、カミラを庇ったものではなかった。

兄と、そしてノエリアを守ってくれたときのものだ。

「……っ」

アルブレヒトの大切な人は、自分かもしれない。

そう思った途端に、ノエリアは真っ赤になって両手で頬を押さえた。

記憶がまだ曖昧なことが、ひどくもどかしい。

あんなに恐ろしくて考えたくもなかった過去のことが、今はすべて思い出したくてたまらない。

八年間、彼の想《おも》いは変わることはなかったのだと思うのは、あまりにも自惚《うぬぼ》れているだろうか。

どちらにしろ、あのときのプロポーズの答えをきちんと彼に伝えたい。その結果、振られたとしてもかまわない。

ただ今は、少しでも早くアルブレヒトに会いたかった。

やがて荷馬車は、国境に辿り着いた。

ノエリアに馬車の中に留まっているように告げると、兄は外に出て、配下の者に詳しい話を聞いている。

ノエリアも耳を澄まして、その話を聞く。

盗み聞きなんてはしたないと思うが、兄はノエリアを気遣って、具体的な話をしてくれないかもしれない。

聞こえてきたのは、ロイナン王国の兵士に追われたカミラとライードは、国境近くにある町に逃げ込んだこと。その町を、兵士達が念入りに捜していること。兄の配下も探しているが、まだ発見できていないという話だった。

どうしたらいいだろう。

どうすれば、兵士達よりも先にカミラを保護することができるだろう。

必死に考えを巡らせていたノエリアは、荷馬車に積まれていた荷物に、ふと目を留めた。

銀色の、美しい絹糸。

まるでカミラの髪のようだ。

（そうだわ、これを……）

ローブのフードを目深に被《かぶ》り、この絹糸を少し見えるようにすれば、カミラの身代わりができるのではないか。ノエリアが囮《おとり》として兵士達を引きつけ、その間にカミラとライードを救出すればいい。

荷馬車の中から兄にそう持ち掛けると、当然のように反対された。

「ノエリアにそんなことをさせるわけにはいかない」

「でもお兄様。このままではカミラ様が殺されてしまうわ。一刻も早く、カミラ様とライードさんを助け出さないと」

「囮なら、俺がする」

「駄目よ。お兄様では背が高すぎるわ。私がちょうど良いの」

兵士達は、徹底的にカミラを捜し出そうとするだろう。もしこちらが先にカミラ達を見つけたとしても、追っ手に見つからないように国境を抜けるのは難しい。

誰かが囮になって追っ手を引きつけ、その間にカミラ達に、イースィ王国に逃げ込んでもらうしかないだろう。

こちらには女性がひとりもいないから、ノエリアが行くしかない。もうその覚悟も決めていた。

「……俺も一緒に行く」

けれどしばらく苦悩していた兄が、やがてそう言った。

「え？　でも……」

「ノエリアだけを危険に晒すことはできない。俺とノエリアで身代わりになり、兵士達を引きつける。その間に、カミラ王女殿下とその護衛を保護しよう」

「お兄様、私は」

兄の身を危険に晒すつもりはなかった。

何とか説得しようとしたが、兄は聞き入れてくれなかった。

「たとえ意志に反した行動をして嫌われたとしても、お前とロイナン国王との婚姻を阻止すればよかった。そう何度も後悔した。もう二度と、ひとりで敵地に向かわせたりはしない」

そう言われてしまえば、もう何も言えなかった。

過去を忘れてしまったノエリアに詳しい事情を話すこともできず、見送るしかなかった兄は、ずっと後悔していたのだろう。

こうしてノエリアと兄は全身が隠れるローブを身に纏《まと》い、兄は剣を持ち、ノエリアは銀の絹糸を髪の毛のようにフードの下から垂らした。

もちろん、完全にふたりだけではない。

兄の配下は二手に分かれ、ほとんどはカミラの捜索に当たるようだが、中でも腕の立つ者がふたり、ノエリアと兄を陰から護衛してくれる。

その配下に何度も思いとどまるように説得されたが、まるで聞き入れなかった兄に、ノエリアは思わず言う。

「お兄様は、頑固ね」

「お前ほどではないよ。……行くか」

「はい」

そしてノエリアは兄と手を取り合い、町の中に駆けて行った。

騎士団の追撃は、思っていた以上に激しかった。

町に入ってすぐに、兄はノエリアの手を引いて、裏通りに入った。そこでしばらく情報を集め、相手の様子を探るつもりだった。

けれど、裏通りに入った途端に、ロイナン王国の兵士に見つかってしまった。それを何とか路地を潜《くぐ》り抜《ぬ》け、地下水路まで通って逃げてきた。

走り慣れていないノエリアは、もう呼吸すら苦しくて、兄に支えられてようやく立っているような有り様だった。

囮になって、カミラを逃がす。

彼女を無事に助け出すにはそれしかないと思い、兄まで巻き込んで実行してしまったが、自分の身体がこんなに弱いとは思わなかった。

「……ごめんなさい」

ノエリアが倒れないように支えながら、周囲を警戒している兄に謝罪する。けれど兄は、そんなノエリアをむしろ褒めるように、優しく髪を撫でる。

「よく頑張った。恐ろしかっただろうに」

「あ……」

そう言われて初めて、怒鳴り声を上げ、剣を抜いて追いかけられていたのに、そのことにはまったく恐怖を覚えなかったことに気が付いて、思わず声を上げる。

「ノエリア？」

「お兄様、私……。追いかけてくる兵士達が、あまり怖くなかったわ。それよりも、カミラ様を助けるために走らなくてはと、ただそれだけで」

以前のノエリアならあり得なかった。

兄も驚いた様子で、ノエリアを見つめる。

過去を思い出し、恐怖を覚えていた理由を知ったことで、克服することができたのかもしれない。

「……もっと早く、過去のことを話していれば」

「ううん、それは違うわ。私がこうして克服できたのも、お兄様とお父様が、今まで私を大切に守ってくれたから」

過去を隠さずに伝えていれば、もっと早く克服できたのではないか。

そう後悔する兄に、今だからこそだと、ノエリアは必死に伝えた。

「ロイナン王国に行く前の私だったらきっと、ますます恐怖を募らせていた。外に出ることも怖くなっていたかもしれない。お兄様とお父様が見守ってくれて、アルが、私が思い出すまで何も言わずに待っていてくれたからこそ、こうして克服できたのよ」

「……そうか」

ノエリアの訴えに、兄はようやく表情を緩ませて、ノエリアの肩を抱いた。

「それでも過去を乗り越えたのはノエリア自身の力だ。よく頑張った」

優しくそう言ってくれる兄に、思わず涙がこぼれそうになる。

（駄目……。私はもう、泣かないわ）

アルブレヒトとカミラが戦い抜いた八年間、ノエリアはただ守られていただけだった。

父と兄も、ノエリアを守りながらも、イースィ国王、そしてロイナン国王という最高権力を持つ者と戦い続けてきたのだ。

（今度は私が、皆の役に立ってみせる）

そして今度こそアルブレヒトに、あの日の返事を伝えたい。

「この奥に廃屋があるようだ。入り口は閉ざされていて、窓からしか入れないが、そこで少し休もう」

兄の言葉に頷き、手を引かれて、窓から朽ち果てた建物の内部に侵入する。

建て付けの悪い部屋の扉を、力を込めて何とか開き、中に入ろうとした瞬間。

内部から大柄な影が飛び出してきて、そのまま兄を弾《はじ》き飛《と》ばす。

「……くっ」

「お兄様！」

壁に激しく叩きつけられ、崩れ落ちた兄を守るように、ノエリアはその前に立ち塞がった。

「……ノエリア、逃げろ」

「待って、ライード。その人達は！」

「え？」

兄がノエリアの名を呼んだ瞬間。

奥から女性の声が、知っている名前を呼んだ。

驚きながらも、兄を庇ったまま襲撃者を見上げた。

目の前に立っていたのは、血に塗《まみ》れ、それでも必死にカミラを守ろうとした、ライードだったのだ。

「申し訳ございません」

血の滴る傷を放置したまま、頭を下げて謝罪するライードを、もちろん兄は許した。

「むしろよくここまで、カミラ王女殿下を守ってくれた。感謝する」

ロイナン王国の兵士によって、ここまで追い詰められたカミラとライードは、何とか隙を見てこの廃屋に逃げ込み、カミラを休ませていたところだった。

そして同じような理由でここに辿り着いたノエリアと兄を、追っ手だと思って攻撃してしまったのだ。

満身創痍《そうい》の様子を見ると、かなり激しい追撃を受けたのだろう。

カミラだけは何とか守らねばと、先に攻撃を仕掛けてきた彼を責める気にはなれない。

跪《ひざまず》いたままのライードを立たせ、カミラを手伝って応急手当てをする。カミラは傷の手当てをしても大丈夫なのかとノエリアを気遣ってくれた。

「少しだけ、過去のことを思い出しました。だからもう大丈夫です」

そう告げると、カミラは驚いたように目を見開き、それから心から安堵したように、深く息を吐く。

「……よかった。あなたが過去を思い出したのなら、アルも救われるわ」

「でも、もう……」

過去を思い出しても、ノエリアはまだカミラとアルブレヒトが恋人同士だったのではないかという気持ちを、完全に捨てられないでいた。

けれどカミラはノエリアの記憶が戻ったことを心から喜び、そして自分を守って傷ついたライードを、痛ましそうに、大切そうに手当てしている。そしてライードは、カミラの銀色の髪が血で汚れないようにと気遣っていた。

その姿はまさに、寄り添い合う恋人同士のようだ。

（もしかして私は、本当に勘違いをしていたの？）

戸惑うノエリアを、ライードから離れたカミラは不思議そうに見つめる。

「どうしたの？」

「いえ、あの。私、てっきりカミラ様はアルブレヒトと……」

正直にそう告げると、彼女は心底驚いた様子だった。

「私とアルが？　そんなこと、あり得ないわ。アルは弟のような存在だし、私はライードを愛しているの」

はっきりとそう言い、背後に立っているライードに、甘えるように身を寄せる。

「あらためて言ったことはなかったけれど、気が付いていると思っていたわ。それにアルはずっと、あなたを愛していた。わからなかった？」

言い聞かせるように言われて、ノエリアは組み合わせていた両手を握りしめた。

彼の、自分を見つめる瞳の優しさ。

触れるとき、ほんの少しだけ躊躇うこと。

名前を呼んでくれるときの、甘い声。

もちろん、気が付いていた。

それでも臆病なノエリアは、それを親愛だと思い込もうとしていた。記憶が蘇った今でさえ、本当はカミラが好きなのではないかと考えたりしていた。

そんなノエリアに、カミラは優しく微笑みかける。

「私が王城にいたときから、ふたりの親密さは聞いていたわ。九年前から、アルにはあなただけ。どうか信じてあげて」

「でも私は、アルブレヒトのことを忘れていました。彼がこんなにつらい思いをしていたのに、私は父や兄に守られて、平穏に過ごしていたのが……」

「許せなかったのね。自分自身を」

カミラは立ち上がり、泣き出しそうな顔で頷いたノエリアを、優しく抱きしめてくれた。

「アルはそれでよかったと言っていたわ。もしあなたがアルのことを覚えていたら、死んだと聞かされて絶望していたでしょう」

たしかにそうかもしれない。あの頃の自分はとても弱かった。しかも前年に母まで亡くしていたのだ。

「そんな悲しみをあなたに与えてしまったら、アルは今よりも、もっと苦しんでいた。ノエリアは後悔しているかもしれない。でも、あなたが幸せに暮らしていた時間は、アルにとっては救いなの」

抱きしめているノエリアの髪を、カミラは優しく撫でる。

まるで生きていた頃の、母のように。

「つらかった過去を忘れてしまうくらい、これからふたりで幸せになればいいわ」

「……はい」

その言葉にノエリアは、しっかりと頷いた。

一度傾いてしまった国を建て直すのは、容易ではない。

アルブレヒトが無事にイバンを倒せたとしても、平穏とは程遠い生活になるだろう。でもこれからは誰よりも近くで、彼を支えることができる。そう思えば、怖いものはもう何もなかった。

そんな未来を勝ち取るために、今は冷静に、迅速に動かなくてはならない。

「カミラ様、アルはどこに居ますか？」

「仲間達を連れて王都に向かったわ」

「王都に？」

「ええ。今までは、あの事件に巻き込まれてしまった仲間達を守るだけだったアルが、初めて自分から動いたの」

そう言ってカミラはノエリアを見つめる。

「あなたのお陰で、彼はイバンの呪縛を断ち切ったのよ」

「私は何もしていません」

ノエリアは静かに首を振った。

過去を乗り越えたのは、彼自身の力だ。

そしてアルブレヒトが動いているのならば、こちらもきちんと役目を果たさなくてはならない。

（そのためには……）

ノエリアは、窓の外の様子を窺っている兄を見る。

ライードが気にしないようにと平静を装っているが、あの攻撃で壁に叩きつけられた兄は肩を痛めたようだ。このまま、足手まといのノエリアを連れて囮をするのは危険である。

それに、こうして並んでみると背の高さは同じくらいだが、兄とライードでは体格が違いすぎる。今までは何とか誤魔化せていたが、これからは追撃が厳しくなり、接近を許してしまうかもしれない。

そうなったら、本物のカミラとライードではないとすぐに気付かれてしまうだろう。

それに、ただ囮になることしかできないノエリアと違い、兄にはカミラを保護したあとにやらなくてはならないことがたくさんあるはずだ。

「お兄様、これからどうしますか？」

まずはそれを聞いてみようとそう尋ねると、兄はカミラとライードに向き直った。

「カミラ王女殿下は、国境を越えてイースィ王国に戻ったあとは、王都には向かわずに、国境の町に留まり、父の迎えを待っていただきたいのです」

「ネースティア公爵の？」

「はい。ここでカミラ王女殿下にお会いできたのは幸運でした。今までのイースィ王国について、軽く説明をさせていただきます」

そう言って兄は、カミラが行方不明になってからのことを、カミラとライードに話した。

それは、今まで何も知らなかったノエリアにとっても、初めて聞く話であった。

「イバンがロイナン国王に即位してから、ロイナン王国の王家の血を引く者が襲撃される事件が相次ぎました。私も、何度か襲われています」

「えっ……」

そんなに昔から兄は襲撃を受けていたのだと聞いて、ノエリアは青ざめた。

数はそう多くはないが、カミラの母のように、ロイナン王家の血を僅かでも引いている者は、イースィ王国内の貴族にもいる。その者達が、次々と襲われていたらしい。中には命を落とした者もいると、兄は語った。

「私、知りませんでした……」

「何があってもノエリアにだけは、気付かれるわけにはいかなかったからね」

たしかに兄が襲われたと聞けば、あの頃の自分であれば、恐ろしくてたまらなかっただろうと思う。

父が王太子であったソルダとノエリアの婚約を承知したのも、王太子の婚約者になれば、狙われることはないだろうと考えてのことだったのだ。

そんな父の考え通り、ノエリアが襲われたことは一度もなかった。

「それらは、自分以外の王家の血を嫌うロイナン国王が犯人だと言われていました」

こうして、横暴なロイナン国王の噂《うわさ》はイースィ王国の内部まで届くようになる。

かつての美しく豊かなロイナン王国は、変わってしまったのだ。皆がそう思うようになるまで時間は掛からなかった。

イースィ国王はロイナン国王の横暴に悩みながらも、両国の平和のために表向きは友好国を装っていた。

ネースティア公爵家の娘であるノエリアを、ロイナン国王の妻にと望まれたときも、王太子の婚約者だと言って、断ろうとした。

けれど王太子であるソルダのやらかしもあって、ノエリアの婚約は破棄されてしまった。その事実がある以上、ロイナン国王からの要請を無理に断れば、戦争になってしまうかもしれない。

あのロイナン国王ならば、それくらいやりかねない。

そんな周囲の不安の声もあって、仕方なく婚姻を承諾した。

表向きはそんなことになっていると、兄は語った。

「けれど、すべては私の父、イースィ国王の企《たくら》みだったのね」

カミラの指摘に、兄は深く頷いた。

「はい。私だけでは調査できず、父と複数の協力者の手を借りて、ようやく判明しました。証拠も揃《そろ》っています」

それは八年間の、兄の戦いの成果だ。

アルブレヒトと交わした約束を忘れず、何とか別の形で果たそうと、懸命に動いたからこそ知った事実である。

それにカミラの証言が加われば、いくらイースィ国王でも言い逃れはできないだろう。

「これから長い戦いが始まると、覚悟をしていたのに。もう父を追い詰める証拠まで揃っているなんて。……劣等感に苛《さいな》まれ、心を病んだ父の計画など、あなた達から見れば、こんなものでしょうね」

「いいえ、カミラ王女殿下の戦いは、おそらくこれからでしょう」

自嘲気味に笑ったカミラに、兄はそんなことを言った。

「これから?」

「はい。イースィ王国を建て直せるのは、カミラ王女殿下だけです。我々は、王位簒奪《さんだつ》を行うつもりはありません。ですから国王陛下には、ご病気で政治が行えなくなったとして、譲位していただく予定です」

それも、あながち嘘《うそ》ではない。

国王陛下は、心を病んでいる。

退位したあとは、静養という名の幽閉になるのだろう。

「私が、女王に？」

カミラは、呆然《ぼうぜん》とした様子でそう呟《つぶや》く。

けれど、すぐにこれからのイースィ王国について考えだしたようだ。

「そうね。もし私が女王を目指すのなら、戦いはこれからね。八年も行方不明になっていた王女を、果たして認めてくれるかどうか。もし父が譲位しても、愛妾《あいしょう》と義弟は王城に残るでしょうから」

「ネースティア公爵、スーノリ公爵、そしてラッダー侯爵は、カミラ王女殿下を支持します」

父を含めた彼らは、国を支える重鎮達だ。

そんな人達が味方であれば、血筋だけで、実家はもう没落している愛妾では対抗できないだろう。

「ソルダ殿下では王は務まりません。カミラ王女殿下が生きていたと知れば、父を含め、他の人達もすべてカミラ王女殿下を支持するでしょう」

たしかに流されやすい、騙《だま》されやすいソルダでは、今のイースィ国王よりは少しはましか、というところだろう。

けれど、カミラは生きていた。

父達だけではなく、イースィ王国にとっても朗報だろう。

「ですが、まずはここを無事に乗り切ってからです。私とノエリアが敵を引きつけます」

カミラは国境の町で父の到着を待ち、それから父とともに味方になってくれる高位貴族達と面談することになっているのだという。

カミラの意志を確かめることなく進めていく父達を少し不安に思ったが、彼女は迷うことなく頷いていた。

無事にイースィ王国に逃げ込むことができれば、カミラはもう大丈夫だろう。

そのためにも、ノエリアは引き続き囮となって、追っ手を遠ざけなくてはならない。

（でも……）

ノエリアは怪我をしてしまった兄を、これ以上危険に晒したくなかった。それにカミラには兄が同行した方が、父との連絡も取りやすくなるだろう。

「どうかお兄様は、カミラ様と一緒にイースィ王国に戻ってください」

「ノエリア？　何を言っている」

「お兄様とライードさんでは、体格が違いすぎます。ライードさんが向こうの兵士と交戦したのであれば、こちらが偽者だとすぐにわかってしまいますから。それにお兄様がいた方が、お父様や他の仲間達と連絡を取りやすいかと」

ノエリアの提案に、ライードも同意した。

彼の怪我の具合が心配だったが、ノエリアの視線を受けたライードは、大丈夫だと言うように深く頷いてみせる。

けれど兄は、その提案を受け入れてはくれなかった。

「お前ひとりを残していくことはできないよ。それに俺は、九年前の約束を果たさなくてはならない」

そう言った兄の瞳には強い意志が秘められていて、それを見た瞬間、止めることはできないとわかってしまった。

それは、兄とアルブレヒトが交わした誓い。

兄はずっと悔やんでいたその誓いを、今こそ果たそうとしている。

「アルブレヒトが継ぐはずだった国を、あんな男の手に渡してはおけないと思っていた。それにロイナン王国の貴族でも、反国王派の者は多い。俺は、ひそかに彼らと連絡を取り合っていた」

父はイースィ王国で。

そして兄はロイナン王国で、ふたりの王に対抗するために長年動いていたのだ。

「他国で育った俺でさえ、あのロイナン国王よりはましだと思っていたくらいだ。アルブレヒトが生きていたと知れば、もっと多くの者が賛同するだろう」

だからアルブレヒトに会い、彼らと引き合わせなくてはならないと、兄は言う。

たしかにそれは、兄にしかできないことだ。

「今までアルブレヒトやカミラ王女殿下が受けてきた痛みに比べたら、これくらいは何ともない。むしろノエリアこそ、カミラ王女殿下と一緒にイースィ王国に戻ってほしいくらいだが」

もちろん、そんなつもりはない。

ノエリアは首を横に振る。

「お兄様ひとりでは、囮の役目は果たせません。それに私は今まで、ただ守られてばかりでした。どうか私にも、皆を守るために戦わせてください」

「修道院に入ると言ったり、囮になると言ったり。世間知らずでか弱いノエリアはどこに行ったんだ？　それに、言い出したら聞かない。お前は、頑固だからな」

意趣返しのように、先ほど兄に告げた言葉を言われて、ノエリアは思わず笑ってしまう。

「お兄様ほどではないわ」

兄の怪我は心配だったが、きっと兄も、アルブレヒトとの再会が待ちきれないのだろう。その気持ちがわかるだけに、もう反対することはできなかった。

けれどカミラは、兄とノエリアが囮をすることを、最後まで心配して反対していた。それでも一刻も早く父と合流してほしいという兄の言葉に、とうとう頷いてくれた。

「ごめんなさい、あなたにこんなことを」

「いいえ、私が望んだことです。それに、早くアルに会いたくて」

記憶を取り戻したことを、早く彼に伝えたい。そう言うと、カミラは優しい笑みを浮かべた。

「そうね。きっとアルも喜ぶわ。気を付けてね。あなたに何かあったら、今度こそアルブレヒトは立ち直れないかもしれない」

「……はい。カミラ様もお気をつけて。それと、これをお返しします」

ノエリアは鎖からアルブレヒトの指輪を外し、カミラの指輪を彼女に返した。

それからカミラと衣服を交換し、彼女は銀色の髪を纏めてフードの中に隠す。

ノエリアの方は、本来の金色の髪を隠して、銀の絹糸を多めにフードから垂らした。兄とライードは体格が違いすぎるので、ローブだけを交換したようだ。

兄とノエリアに付き従っていた護衛はふたりいる。ひとりはカミラ達に付き添い、もうひとりがこのままノエリア達と同行することになった。

先にふたりを送り出し、しばらくこの廃屋で休んでから、ノエリア達も出発することにした。

少し休んだ方がいいと兄に言われ、少しだけ目を閉じる。

そして、夢を見た。

幼い自分が、帰りたくないと泣いて母を困らせている夢だ。

「お父様が待っているわよ」

そう言われても、嫌だと首を振る。

「だってアルブレヒトと一緒に行けないもの。離れたくないの」

母は驚いたような顔をしたが、やがてとても優しい顔で、ノエリアの頭を撫でてくれた。

「アルブレヒトのことが好きなのね」

「うん。大好き」

人見知りのノエリアだったが、彼だけは初めて会ったときから好きだった。年上だが、まだ幼いノエリアを侮ることなく、きちんと相手をしてくれる。

「ノエリアの気持ち、わかるわ。私もお父様と別れたくなくて、どうしても一緒に居たかったの」

「お母様も？」

そうよ、と笑った母は、振り返ってロイナン王国の王城を見つめる。

「私はここで育ったの。でもお父様と出逢って、この国を出る決意をしたわ。ノエリアもいずれ、私のように生まれた国を出ていくかもしれないわね」

「ここに住めば、アルブレヒトとずっと一緒ね！」

はしゃぐノエリアに、母は困った様子だった。

「でも、お父様と私は一緒に行けないの。セリノもよ。ノエリアはひとりでこの国に行かなければならないわ」

ひとりと言われても、まったく不安にならなかった。

「アルブレヒトが一緒なら、大丈夫よ」

そう言ったノエリアに、母は少し寂しそうに、それでも嬉しそうに娘の手を握る。

「こんなに小さくても、運命の人と出逢うこともあるのね。ノエリア。それがあなたの幸せなら、私はあなたの味方だからね」

自分の意志を間違いや誤解なく伝えられるように。

そう言って、この国の言葉を日常会話だけではなく、しっかりと教えてくれた。

とても優しい母だった。

「ノエリア？」

記憶の中の母のように優しい声で名を呼ばれ、ノエリアは目を覚ました。

少しだけ目を閉じて休むつもりが、いつの間にか眠ってしまったようだ。慌てて飛び起きようとしたが、兄に止められた。

「慌てなくても大丈夫だ。だが、そろそろ出発しなければ。行けるか？」

少し心配そうな兄に、もちろん大丈夫だと頷く。

「ごめんなさい、お兄様。眠ってしまうなんて。あの、カミラ様は」

「昼の方が人に紛れて逃げやすい。無事にこの町から出たようだ。あとは俺達が、追っ手を引きつけなくてはならない」

そう言われてほっとする。

囮なのに疲れ果てて眠ってしまうなんて、もしその間にカミラに何かあったら自分を許せなかったに違いない。

兄は周囲を探りながら廃屋の外に出ると、ノエリアの手を取り、窓から脱出するのを手伝ってくれた。

敵に捕まらないように逃げなくてはならないが、囮なのだから、ある程度は姿を見せなくてはならない。

「あれは、ロイナン王国の正騎士ではないな」

町の中を捜し回っている兵士を間近で見た兄が、そうぽつりと呟いた。

「え?」

「おそらくロイナン国王の私兵だ。ロイナン王国の正騎士を使えば、アルブレヒトの顔を知っている者もいるかもしれない。だから、ずっと自分の私兵を使っていたのだろう」

ロイナン国王イバンは、アルブレヒト達を盗賊と称して追い詰めながらも、けっしてその正体が知られないように、細心の注意を払っていたようだ。

彼を追い落とそうと、何年も彼の周辺を探っていた兄でさえ、盗賊の正体に気付かないほどに。

それほど狡猾《こうかつ》で用心深い男がなぜ、アルブレヒトを今まで生かしておいたのか。

それだけは理解できなかったが、兄は、人を苦しめることに喜びを感じるイバンのような、歪んだ人間が存在することを教えてくれた。

イバンは、子どもの頃でさえあれほど強く優しかったアルブレヒトを、未来を諦めるほど追い詰めた。

ノエリアは、自分を盗賊の仕業に見せかけて殺す計画をしていたと聞かされたときよりも、激しい怒りを覚えた。

誰かをこんなに憎んだのは、初めてかもしれない。

(この国の王は……。私の夫となる人は、絶対にあなたではない)

その怒りが力となったのか、いつもよりも速く走れた。

護衛の力を借りながら、適度に姿を見せて追われ、何とか町の外まで逃げることができたのだ。

今は、森のすぐ近くにある人通りの少ない寂れた街道を歩いている。

あとは国境とは正反対の方向に行き、適度なところで姿を晦《くら》ますだけ。

そう思ってしまったのが、悪かったのか。

少しだけ緊張が解けたせいで、足が震えて立っていることができなくなってしまった。

「無理はするな」

そう言って、兄は街道の隣にある森の中に移動し、そこでノエリアを休ませてくれた。

ふたりに付いてくれた護衛は今、周辺を探るためにこの場を離れている。

幸いなことに、今はまだ追っ手の姿は見えないが、いつまでもこうしているのは危険だとわかっている。護衛が戻ってきたら、すぐにでも移動した方がいい。

それなのに、身体が動かない。

「ごめんなさい……」

「謝る必要はない。むしろよく頑張った。あとは、迎えが来るまで休んでいた方がいい。イダが戻ってきたら、お前を連れて身を隠すように言っておく」

護衛の名をあげて、兄はそう言った。

「お兄様、でも……」

そう言いかけて、ノエリアは口を閉ざした。

森の奥から複数の人間が、こちらを追い立てるように移動しているのが見えたからだ。

兄もすぐに気付いたらしく、ノエリアを庇うように前に立ち、退路を探す。

けれど、もう街道の方にも人が回り込んでいる。

護衛がいない今、何とかふたりでこの場を切り抜けなくてはと思うが、ノエリアはもちろん、兄だって荒事には慣れていない。

「きゃあっ」

兄に縋り、何とか逃げなくてはと考えていると、頭上の木から飛び降りてきた男に、腕を強く引かれた。

まさか、そんなところから人が降りてくるとは思わなかった。

兄は咄嗟《とっさ》にノエリアを守ろうと手を伸ばしたが、他の男に取り押さえられ、地面に押し付けられてしまう。

「……くっ」

怪我をした肩をひねり上げられ、痛みに呻く姿に、血の気が引いた。

「やめて、乱暴なことはしないで」

「……これは、驚いたことに国王陛下の婚約者の、ノエリア様ではないですか」

リーダーらしい壮年の男が、わざとらしく驚いたようにそう言うと、ノエリアのローブのフードを外した。

「あっ……」

金色の髪がふわりと広がる。

震えながら、怯《おび》えたように見上げると、男は少しだけ口調を優しいものに変えた。

「盗賊に拉致されたと聞いて心配しておりましたが、何故《なぜ》こちらに？　ああ、この男がノエリア様を攫《さら》った盗賊ですか？」

そう言うと、兄の身体を乱暴に引き立てた。

「やめて！」

ノエリアは涙声で叫んだ。

兄の正体を明らかにすると、面倒なことになるかもしれない。ここはロイナン王国で、おそらく正式な手続きなしに入国している。

でも、このままでは「盗賊」として殺されてしまう。

「私の兄です。私を助け出すために、ここまで来てくれたのです！」

「何？」

さすがに男達は驚いた様子で、兄から手を離した。そのままノエリアにしたように、ローブのフードを外す。

ノエリアによく似た、美しい容貌が露わになった。

「手荒な真似《まね》をしてしまい、申し訳ございません。我々は国王陛下の命により、盗賊を追っていたものですから」

兄がネースティア公爵家の嫡男セリノだと知った男は、そう言って大げさなほど何度も謝罪をした。

兄は隣国の公爵家の嫡男というだけではなく、このロイナン王国の王家の血も濃く引いている。

そんな兄を盗賊だと勘違いして乱暴な扱いをしてしまっただけに、イバンの私兵でしかない彼らは、表向きはあまり強くは出られないようだ。

「いや、妹が心配だったとはいえ、正規の手続きをせずに入国してしまった私が悪いのだから」

兄はゆったりとそう答える。

この周辺には盗賊がいて危険だからと、ふたりは馬車に乗せられて、ロイナン国王の王都に向かって移動させられていた。周囲は警護と称して、たくさんの兵士に囲まれている。

すべて、ロイナン国王イバンの私兵である。

このまま本当に、王都まで移動するのだろうか。

もしくは適当な場所で殺されてしまい、盗賊の仕業にされてしまう可能性もある。

(何とかして逃げ出さないと)

そう思って周辺を探っているが、ロイナン国王の私兵だけあって隙はない。

「……あれは」

ふと兄が、何かに気が付いたように声を上げた。

「お兄様?」

小声で尋ねると、兄ははっとしたように口を閉ざした。

それから周囲の様子を探り、誰も自分達に注目していないと確認したあとに、こう言った。

「ノエリア、どうした？　馬車に酔ったのか？」

何か作戦があるのかもしれないと、ノエリアはいかにも具合が悪そうに、口元を手で覆いながら答える。

「……はい、少し。外の空気が吸いたいです」

そう懇願すると、兄は護衛と称して周囲を取り囲んでいる男に、ノエリアの要望を伝える。

「ですが、盗賊が出没しているので危険です」

「妹は身体が弱い。まだ救出されたばかりで、気分も悪いようだ。それに、これほどの数の兵士がいれば、盗賊が出没しても問題はないだろう」

そう言っても、彼らは危険だと繰り返すだけだ。

「無理ならば、ロッソイ侯爵の邸宅に立ち寄ってほしい。侯爵とは懇意だ。ノエリアを休ませる部屋を用意してくれるだろう」

「いえ、その。この先に、少し馬車を停めますので」

兄の要望を危険だからと退けていた男は、ロッソイ侯爵という名を聞くと途端に馬車を停めるように指示を出した。

男の指示で馬車はゆっくりと速度を落とし、やがて止まった。

気分が悪いふりをしながらそっと窓の外を覗《のぞ》くと、近くに大きな川が流れていた。川幅は広いが流れは穏やかで、水深も浅そうだ。

この川を渡って逃げられるかもしれない。

「ノエリア、立てるか？」

「……はい」

兄に支えられて、馬車の外に出る。

いつの間にかすっかりと日が暮れ、空は黄昏《たそがれ》色に染まっていた。

明るい光に、思わず目を細める。

何かが反射するような光が射《さ》し込《こ》み、兵士達の視線がそちらに集まった。

その瞬間。

「ノエリア、走れ！」

兄の言葉に背を押され、ノエリアは川に向かって走った。怒鳴り声を上げた兵士が追いかけてくる。

それを兄が阻止しようと立ちはだかった。

だが兵士達はその兄を振り払い、ノエリアを捕らえようと手を伸ばす。

そのとき。

地鳴りのような音が聞こえてきて、必死に走っていたノエリアはびくりと身体を震わせた。

「な、何事だ？」

ノエリアを追っていた兵士達も、突然のことに驚いていた。

前方を見ると、騎兵が列を成してこちらに向かってくる。

ロイナン王国の正騎士のようだ。

「騎士だと？　どうして騎士がここに」

男達が動揺している間に、向こうはあっという間にここまで辿り着いた。途中まで川を渡っていたノエリアは、兄を助け出そうとして、川岸に戻る。

何とか兄を連れて、逃げなくては。

そう思って必死に支えようとするノエリアに、兄は静かに言った。

「心配はいらない。アルブレヒトだ。あの合図、まだ覚えていたんだな」

「合図？」

兄は頷き、イバンの私兵と交戦しているロイナン王国の正騎士を見つめる。

「……騎士ではない者もいるようだ」

その言葉に、ノエリアは振り向いた。

いくら過去を克服したとはいえ、目の前で戦いが行われているのは、やはり恐ろしい。それでも必死に、戦っている彼らを目で追う。

兄の言うように、騎士姿ではない男達が混じっている。

痩《や》せていて、衣服も粗末なものだ。

けれど騎士よりも果敢に、揺るぎない信念を胸に戦っているような、誇り高い目をしていた。

（ああ、彼らは……）

ノエリアの目から涙が零れ落ちる。

もう泣かないと決めていたのに、堪《こら》えることができなかった。

ノエリアは、彼らを知っている。

長い間、虐《しいた》げられ追われながらも、主《あるじ》を守り続けた真の騎士達だ。

あのアジトで暮らしていたのは僅かな期間だったが、仲間だった彼らを忘れるはずがない。

そして彼らと混じって戦っているのは、ロイナン王国の正騎士である。

「アルブレヒトが、騎士団を率いて助けに来てくれたの？」

八年はとても長いが、それでもまだ八年だ。

王立騎士団の中には、アルブレヒトの父に仕えていた者もいただろう。そんな彼らが盗賊の正体を知ることを恐れ、ロイナン国王はずっと自分の私兵を使っていた。

けれど、アルブレヒトから彼らに接することができれば、真実を伝えることは可能だった。

もしかしたら今までも、機会はあったのかもしれない。

でもアルブレヒトは、自分に協力してしまえば、今度は騎士団が取り潰される。皆殺しになるかもしれない。

そう思って、動けずにいたのだ。

「アルブレヒト！」

ノエリアは騎士達の向こうに誰よりも会いたかった姿を見つけ、彼めがけて走り出した。もうイバンの私兵はほとんど拘束されている。兄は黙ってそんなノエリアを見送ってくれた。

「アル！　会いたかった！」

そう言って胸に飛び込んできたノエリアを、アルブレヒトは驚いたように受け止めた。

「ノエリア？　もしかして、記憶が……」

「ええ。私よ。ノアよ。やっとあなたに会いに来たわ。何もかも忘れてしまってごめんなさい。あなたは私達を、命懸けで守ってくれたのに」

「……まさか」

ノエリアが昔の記憶を取り戻したと知り、アルブレヒトは震える手で、ノエリアの頬に触れる。

「ノア……」

触れる指。

優しい声。

何もかも、昔のままだ。

背は高くなってしまったけれど、ノエリアが愛した、ノエリアの大切なアルブレヒトだった。

アルブレヒトを忘れたまま、再会した。

そして苦しみや痛みを背負いながら懸命に生きてきた彼に、もう一度恋をした。

そのふたつの気持ちが重なった今、愛《いと》しさは何倍にもなって、溢れだしそうだ。

「ごめんなさい。私だけ平穏に生きていたなんて。こんなにも愛しいあなたのことを、忘れてしまっていたなんて」

「ノア。俺は、君が忘れていてよかったと思っている。つらい思いをさせなくてよかったと。まさか、思い出してくれるなんて」

そっと、抱き合った。

背中に感じる温もりが、泣きたくなるほど愛しい。

あれからイバンの私兵達は瞬く間に制圧され、ノエリアと兄は助け出された。

兄だってようやくアルブレヒトに会えたというのに、声もかけずに、静かに見守ってくれていたのだ。

「ようやく九年前の約束を果たせると思っていたのに、また助けられてしまったな」

アルブレヒトと再会した兄は、そう言って複雑そうな顔をしていた。

「あの合図に気が付いてくれてよかった」

アルブレヒトは、そんな兄に笑いかける。

八年ぶりだなんて思えないほど、ふたりはすぐに打ち解けていた。

馬車の外で兄が見つけたのは、鏡の反射を使った合図だった。昔はよく、ふたりで城の中を探検しながらそんな遊びをしていたらしい。

ここは、兄が先ほど口にしていたロッソイ侯爵の邸宅である。

兄はあのときの言葉通りにロッソイ侯爵とは懇意にしていて、アルブレヒトと引き合わせたいと思っていたようだ。

ロッソイ侯爵はロイナン国王の横暴さを嘆き、このままではこの国は滅んでしまうのではないかと危機感を募らせていた貴族の中でも、一番力を持っている。

アルブレヒトが生きていたことには驚いた様子だったが、これでこの国は救われたと涙を流して喜んでいた。

兄が見込んでいただけに、忠誠心の強い善人のようだ。

ノエリアは無傷だったが、兄はやはり肩の骨を痛めた上に、打撲も多数あったので、医師の判断で寝室に閉じ込められてしまった。

兄は、やらなくてはならないことがたくさんあると、無理にでも動こうとした。だが医師に明日になるともっと痛むだろうと散々脅されて、結局こうして寝台に横たわっている。

そんな兄を、ノエリアはアルブレヒトとともに見舞っていた。

話すのはやはり、この八年間のことだ。

「俺は、彼らの名誉を回復することが、死んでいった仲間達に報いる唯一の方法だと思い込んでいた」

アルブレヒトは、静かにそう語った。

「カミラさえ無事ならば、もう思い残すことはないと。だが、俺は間違っていた」

アルブレヒトは振り返り、隣にいるノエリアを見る。

「それをノエリアが教えてくれた。今ならわかる。あの男を倒すことこそが、仲間達が一番望んでいたことだ」

カミラがあのとき言っていたのは、このことだったのだ。

力強くそう言ったアルブレヒトの姿に、ノエリアは目を閉じる。

イバンの圧政に苦しんでいた人々の中には、アルブレヒトが生きていたのならば、もう少し早くあの男を倒せたのではと思う者もいるかもしれない。

だがイバンの仕掛けた罠《わな》は卑劣で、アルブレヒトを追い詰め、苦しめた。

味方が次々に盗賊の汚名を着せられ、無惨に処刑されていったのだ。

ノエリアの言葉はきっかけに過ぎない。彼は自分自身でそれを乗り越えて、こうして立ち上がった。

「アル、これを」

ノエリアは預かっていた指輪を彼に手渡した。ロイナン王家の紋章が刻まれた指輪だ。アルブレヒトはそれを握りしめ、深く頷く。

この場にいる人間の気持ちは、皆同じだった。


兄の長年にわたる念入りな根回しと、アルブレヒトが騎士団を先に味方につけたお陰で、それからは驚くほど順調に事が進んだ。

ロイナン国王イバンは、カミラが国外に逃げようとしているという話を聞き、国境近くに戦力を集中させていたらしい。

けれど、ロイナン国内にいる兄の協力者が故意に情報の伝達を遅らせたため、カミラはもうとっくにイースィ王国に逃れていた。

王都は手薄で、王を守るべき騎士団はこちらの味方だ。

もういないカミラを、今も国境周辺で捜し回るイバンの残りの私兵は、王都が騎士団によって制圧されていることを知らないだろう。

アルブレヒトは味方になってくれた貴族達と騎士団を率いて、王城に入った。

もちろんノエリアと兄も同行している。

イバンは騎士達によって拘束され、その妻と王城に残っていた私兵も、すべて捕らえた。

彼は、王に逆らう者は皆処刑だと喚《わめ》いていたが、彼はもう王ではない。

やがて騎士達が、集まってきたロイナン王国の貴族達が、アルブレヒトの前に跪いた。

「……遅くなって、すまない」

彼はそう言うと、頭を下げる。

アルブレヒト様、と誰かが叫んだ。

やがてその声は大きくなり、歓声となった。

あの事件当時、十三歳の少年だった彼は、こうして力をつけ、味方を増やしてようやく帰還したのだ。

王の帰還。

彼はもう、このロイナン王国の国王だった。

知らずに涙が零れ落ちていた。

「ノエリア」

振り返ると、兄が優しく抱き寄せてくれる。

「よく頑張った」

「……お兄様。私は何もしていません。ただアルが私を助け出してくれただけで」

「いや、アルブレヒトも言っていただろう。お前の言葉で、間違いに気が付くことができたと」

ノエリアの言葉でなければ、届かなかった。

兄はそう言ってくれた。

何もできなかったと後悔していた。忘れてしまっていたことに対する罪悪感は、完全には消えていない。

でも本当に、自分の言葉で彼を救うことができたのなら、こんなに嬉しいことはなかった。

だが、イバンを捕らえただけでは、まだ終わらない。

カミラとノエリアの証言をもとに裁判が開かれ、彼の罪を裁くことになるだろう。

それにロイナン王国も、この八年で大きく変わってしまった。

中には、イバンと癒着していた貴族もいる。

彼らの中にはアルブレヒトを本物の王太子と認めずに、現国王を不正に拘束したクーデターの首謀者だと言う者もいるだろう。

カミラもまだ、イースィ王国に身を潜めて決起のときを待っている。

イースィ国王は、ロイナン国王よりもさらに狡猾だ。

戦いは、まだまだ続くのだろう。

アルブレヒトは、これからまだ貴族達との話し合いがあり、兄も同席するらしい。

けれどノエリアは、先に王城の客間で休ませてもらうことにした。

部屋に案内されると、ひさしぶりに侍女の手を借りて着替えをさせてもらい、柔らかな寝台に腰かける。

兄とアルブレヒトは、いつ休めるのだろうか。

そう思うと、先に休んでしまうのが申し訳なくなって、ノエリアは立ち上がり、部屋の窓から外を見つめる。

「ここは……」

ふと、そこから見える景色がとても懐かしいことに気が付いた。

まだ幼い頃、アルブレヒトにプロポーズされた、あの場所だった。きっとアルブレヒトが、ノエリアをこの部屋に案内するように言ってくれたのだろう。

冬になろうとしているこの季節。

薔薇の季節ではないが、昨晩降った雪が降り積もり、まるで白い花が咲いているように見えた。

胸が痛くなるほどの懐かしさ。

昇ったばかりの太陽の光に反射して光る雪が、あまりにも綺麗で、ノエリアはふらりと庭に向かった。

降り積もる雪にそっと手を触れると、ノエリアの体温でたちまち儚《はかな》く溶ける。その繊細な美しさに、思わず感嘆する。

ふいに背後から上着が肩に掛けられた。

「早朝は寒さが厳しい。そのままでは風邪を引いてしまう」

声を聞くまでは、兄だと思っていた。

だがその声は、ノエリアが今、一番会いたいと願っていた人だった。

「アルブレヒト」

振り返ると、彼は穏やかな瞳でノエリアを見つめていた。

子どもの頃、アルブレヒトはいつもこんなふうに優しくノエリアを見守ってくれていた。躊躇いなくその腕の中に飛び込むと、彼はしっかりと抱きしめてくれた。

ノエリアもアルブレヒトの背中に腕を回して、ぎゅっと抱きしめる。

話したいこと、聞きたいことがたくさんあったはずなのに、こうして抱き合っているとそれだけで満たされていく。

これほど大切な人を、どうして忘れてしまっていたのだろう。

「私、あなたに謝らなければならないことがあるの」

そう言って、まっすぐに彼を見つめる。

「ここで交わしたあの約束を、守れなくてごめんなさい。……忘れてしまって、ごめんなさい。

……この傷も」

そっと彼の左腕に触れた。

「私と兄を庇ったときの傷だと、はっきりと思い出したの。それなのに忘れてしまうなんて」

「ノエリア」

アルブレヒトの手が、そっとノエリアの頬に触れる。

流れる涙を優しく拭った。

「ノエリアにはつらい記憶だったのに、すべて思い出してくれた。謝る必要なんてないよ」

そのまま抱き合っていると、肩に掛けてもらった上着がはらりと地面に落ちた。

「アルブレヒト。これって……」

慌てて拾ったノエリアは、その裏地に守護の紋様が縫い込んであることに気が付いた。

これはノエリアがカミラに習って、指を針で刺しながらも必死に刺繍《ししゅう》したものだ。

だが、その隣には同じ紋様がある。

少し変色していて、ノエリアのものよりもっと拙くて、古いもののようだ。見つめていると、ふと母の声がよみがえる。

――大切な人のために、こうして守護の紋様を刺繍するのよ。

――私もお父様のために作ったわ。

――ノエリアも、アルブレヒトのためにやってみる？

そう。

ノエリアがこの紋様を刺繍したのは、これで二度目だ。

だからこそ、不器用で何もできないノエリアが、こうして仕上げることができた。

「思い出したわ。これは、私が昔、あなたのために作ったものだわ」

母に教わりながら、ひと針ひと針、丁寧に縫った記憶がよみがえる。

「ずっと、持っていてくれたの？」

「ああ。実際、命を救われた」

その話を聞いて、アルブレヒトの役に立てたと喜びながらも、彼がそんな目に遭っていたことに胸の痛みを覚える。

「どうして忘れてしまったの？　こんなに大切な思い出ばかりなのに。私は……」

「ノエリア」

空から降る雪から守るように、アルブレヒトはふたたび、ノエリアを腕の中に抱きしめる。

「どんなに後悔しても、過去は取り戻せない。すべてを思い通りにすることは、誰にだって不可能だ。俺は、ノエリアが今こうして傍にいてくれるだけでいい。それで充分だ」

後悔ばかりしていては、大切な今の時間を見失ってしまうかもしれない。

そのことに気が付いて、ノエリアは涙を拭う。

幼い頃、ふたりで見た白薔薇。

父がいて、母がいて。

とても幸せだった、あの頃。

失ったものは多いけれど、それを補うくらい、これからふたりで幸せになりたい。

ようやくそう思えるようになっていた。

「ねえ、アルブレヒト。随分遅くなってしまったけれど、あの日の返事をしてもいいかしら」

そう言うと、アルブレヒトがわずかに緊張した顔でノエリアを見た。

何の話かなんて、いまさら確認するまでもない。

「私もあなたと、ずっと一緒にいたい。この国を建て直そうと頑張るあなたを、傍で支えていきたいの」

そう言ったノエリアの言葉を噛みしめるように、アルブレヒトは目を閉じる。

「ノエリア、誰よりも君を愛している。九年前から、ずっと」

このロイナン王国に嫁いで、王妃になるのがノエリアの運命だった。

今もこの国の王妃になることは同じだが、相手は、あの卑劣な男ではない。

愛するアルブレヒトなのだ。

降る雪の冷たさも気にならないくらいの、幸せが胸を満たしていく。

「私もあなたを愛していたの。記憶がないときも、ずっと」

白薔薇の夢は、ノエリアがアルブレヒトを愛していた証拠だ。

プロポーズされた日の夢を見ていたことを告げると、アルブレヒトは嬉しそうに笑った。

その笑顔は、山間の邸宅で見たような悲しく切ないものではなく、昔のような穏やかで優しいものだった。

それが泣きたいくらい嬉しい。

目を閉じると、唇が重なった。

降り続ける雪の中、その温もりがあまりにも愛おしくて、涙が滲《にじ》みそうになる。

会えない時間は長かったが、これから先は、ずっと一緒にいられるのだ。

それからノエリアと兄はしばらくのこの国に残り、アルブレヒトを補佐することにした。

大きな商会や貴族達に伝手《つて》がある兄は、きっとアルブレヒトの力になってくれるだろう。ふたりは親友で、血の繋《つな》がりもあり、近い将来、義兄弟になる関係でもある。

「……だからと言って」

あの日から毎晩のように遅くまで、イバンの裁判やこれからの政策について話し合っている。そんなふたりの前で、ノエリアは拗《す》ねたようにそっぽを向いた。

「私のことはいつも、ほったらかしなのね」

もちろんノエリアも、今は大変な時期であることは理解している。

やらなくてはならないことは山積みで、寝る間を惜しんで働いても、まだ足りないくらいなのだろう。

「……もういいわ」

それがわかっているのに拗ねてみせたのは、ふたりがあまりにも不眠不休で働き続けているからだ。

大変なのはわかっている。

でも、身体も大切にしてほしい。

そう言っても、口ではわかったと言ってくれるだろうが、実行してはくれないだろう。

だから、こうして拗ねてみせたのだ。

「ノエリア？」

アルブレヒトが困ったように、優しく名前を呼ぶ。

「すまない。君をないがしろにしているわけではない。ただ少し、忙しくて」

「わかっています。だから、もういいと言ったのです」

そう言ってますます拗ねてみせると、今度は兄が慌てた様子で駆け寄ってきた。

「すまない。つい、熱中してしまった。どうか機嫌を直してくれ」

ふたりとも、ノエリアが思わず笑ってしまうくらい慌てていた。

「少し休憩してください。今、お茶を用意してもらっています」

アルブレヒトと兄の手を引いて、強引に執務室から連れ出す。

ふたりとも、ノエリアが本気で怒っているわけではないと知って、安堵している様子で、おとなしくついてきた。

その手を引きながら、昔もよくこんなことがあったと思い出して、くすくすと笑う。

「ねえ、お兄様、アル。昔も、私が拗ねてしまって、こうしてふたりを連れ出したことがあったわね」

アルブレヒトと兄のセリノは、顔を見合わせて笑う。

「ああ、そうだった」

「あのときは、なかなかノエリアの機嫌が直らなくて、大変だったな」

兄はノエリアのようにただ遊んでいただけではなく、父に命じられて勉強の時間も設けていた。

それにアルブレヒトも加わって、互いの文化や言葉を教え合っていたようだ。

それに参加できないノエリアが、拗ねて半日ほど、ふたりと口を利かなかったのだ。

「ごめんなさい。ふたりは勉強をしていたのに。我儘《わがまま》だったわ」

「ノエリアはまだ小さかったから、仕方がないよ」

「そうそう。俺達も、本当は早く遊びたかったからね」

そのときも、こうして三人でお茶会をして、仲直りをした。

当時のことを、懐かしく思い出す。

「こうしてまた、三人で過ごせるなんて夢のようだわ」

忘れてしまっていた過去は、まるで昨日のことのようにはっきりと思い出すことができる。思い出を辿《たど》るように目を閉じたノエリアを、アルブレヒトが抱き締める。

「これからは、ずっと一緒だ」

「……ええ、そうね」

兄だって、しばらくはこの国に滞在する。三人で過ごせる時間は、これからも続くのだ。そう思うと嬉しくて、ノエリアはアルブレヒトの胸に、甘えるように擦り寄った。


イバンの自白を得られなかったので少し時間が掛かってしまったようだが、アルブレヒトは根気よく証拠を集め、そして何よりもカミラの証言もあって、イバンは前国王夫妻を殺害した罪で裁かれることになった。

イバンとその一族は、辺境の地にある古城に幽閉されることとなった。彼らは生涯、そこから出

ることはできないだろう。

そしてイースィ王国の方でも、イバンの罪が発覚したと同時にカミラの生存が発表された。

発表したのは国王ではなく宰相だったのは、王は病に臥《ふ》せってしまったからだ。

長年の心労が重なっていたところに、悩まされていたイバンの廃位と娘の生存を知って、気が抜けてしまったのだろうと言われていた。

次の王位を巡って、イースィ王国は荒れるだろう。

周辺国はそう思っていたようだ。

王太子だったソルダがその地位を返還したあと、国王は正式に王太子を定めていなかったからだ。

けれどネースティア公爵を始め、国内の有力貴族はこぞってカミラを支持した。

長く国を離れていた王女に王は務まらないと反対する者もいたようだが、カミラは慎重に、誠実に事を進めている。

いずれ彼女は女王になるだろう。

そして様々な手続きが無事に終了し、ロイナン王国の国王となったアルブレヒトは、正式にノエリアに求婚した。

もちろん、それを拒むはずがない。

九年前のあの日から、ノエリアの心は決まっているのだから。

最初は結婚式を行うつもりはなかった。

この国には、イバンに苦しめられていた人達がたくさんいる。こんな状況では、あまり大掛かりなことはしないほうがいいと思っていたからだ。

そんなふたりに、こんなときだからこそ明るい話題が必要だと言ったのは、兄だ。

幾多の困難を乗り越えて結ばれる、アルブレヒトとノエリアの幸せな結婚は、これからのロイナン王国の象徴になる。そう言う兄の言葉に、賛同の声も数多く上がった。

エピローグ

結婚式は半年後。

ふたりの思い出である、白薔薇《ばら》の咲く季節にすることに決まった。

それが決まってからのノエリアは、結婚式のために忙しい日々を送ることになった。

最初に結婚式の日取りを聞いたときは、まだ半年もあるのか、と思ったものだ。

けれどこうして日々忙しく過ごしていると、半年ではとても足りないと痛感した。

ドレスは何度も打ち合わせをした結果、淡いピンクのドレスに白薔薇を飾ることにした。それが決まったあとは、ドレスと白薔薇に似合う髪型を見つけるのに、とても苦労した。

アルブレヒトは忙しい合間に何度も様子を見に来たが、まだドレスは彼に見せていない。式の当日に見せるつもりだった。

おかしなところはないか見てもらうため、兄には何度か仮縫いのドレス姿を披露したが、感極まった兄が、ノエリアのドレス姿を見て涙を浮かべたことには、本当に驚いた。

でも兄はノエリアと違い、すべてを覚えていたのだ。背負うものも大きかったのだろう。

「お兄様、ありがとう」

そんな兄を抱きしめて、ノエリアもまた涙を零《こぼ》す。

「いつでも味方になってくれるお兄様がいたから、私もここまで来ることができたの」

「アルブレヒトなら必ず、ノエリアを幸せにしてくれる」

「ええ、私も彼を幸せにするつもり」

それでもかわいい妹を攫《さら》っていくのだからと、兄は事あるごとに、ノエリアのドレス姿をアルブレヒトに自慢しているようだ。

ふたりの仲が良《い》いのはとても微笑《ほほえ》ましいことだが、アルブレヒトが期待しすぎているようで、当日が少しだけ怖くなってしまった。

式の前日になっても、何度も姿見でドレス姿を確認する。

金色の髪は片側に流して編み込み、そこに白薔薇の生花を飾っている。ベールにあしらっているのも、白薔薇だ。

淡いピンクのドレスは、デザインは大人っぽくシンプルにしたが、裾や袖には美しいレースをたっぷりと使っていた。

そうして胸には、母の形見の首飾り。

そんなノエリアの姿を見て、兄と、式に参列するために入国した父は、そろって瞳を潤ませていた。

「お父様、お兄様」

まだ式の前だが、ノエリアはそんなふたりに微笑んだ。

「今まで大切にしてくれて、愛してくれてありがとう。私は、とっても幸せだわ」

貴族の娘として、どんな結婚でも従うつもりだった。

すべてを諦めたこともあった。

でも最後には、ずっと愛していたアルブレヒトと、たくさんの人に祝福されて結ばれる。

ここまで至る道を考えるとつらいこともたくさんあったが、最後にこんな幸福を手にすることができた。

帰還したカミラも、ふたりの結婚式には出席してくれることになっていた。

彼女と恋人同士だったライードは今、ロイナン王国に帰還している。彼は忙しく働くことで寂しさを忘れようとしているようだった。

カミラはイースィ王国の王女であり、いずれは女王になる身である。ふたりはあれほど愛し合っているのに、このまま引き裂かれてしまうのかと思うと胸が痛んだ。

落ち込むノエリアに、心配いらないと言ったのは、兄のセリノだった。

「あのふたりのことなら、大丈夫だ。すべてを解決することができる案がある。そのうちわかる。だから落ち込まなくてもいい」

兄がそう言うなら、本当に大丈夫だろう。

だが兄は、イースィ王国の公爵家の嫡男だ。

いずれ兄とも別れなければならない。

そう思うとやはり寂しかったが、ノエリアにはアルブレヒトがいる。

彼とともに生きることが、ノエリアの望みだった。

こうして、ふたりの結婚式が盛大に行われた。

この日、初めてノエリアのウェディングドレス姿を見たアルブレヒトは、随分と長い間見惚《みと》れたあと、綺麗《きれい》だと囁《ささや》いてくれた。

「これほど美しい花嫁を手にすることができて、俺は幸せ者だな」

八年もの間、苦労を強いられてきた彼がそう言ってくれたことが、何よりも嬉《うれ》しい。

「ありがとう。私も愛する人の妻になれて、とても嬉しいわ」

ふたりはドレスを気にしながら、そっと抱き合った。

再会したカミラはまず、イースィ王国の王女として、ロイナン王国の王妃となったノエリアに祝辞を述べた。そのあとに目を細めて、ノエリアの花嫁姿を美しいと言って褒めてくれた。

そんなカミラこそ、半年前よりもさらに美しくなったように思える。

でもカミラは恋人のライードと、ほぼ半年も離れて暮らしている。自分はずっと愛していた人と結ばれたのにと、ノエリアは少し罪悪感を持っていた。

だが彼女は、衝撃の事実を教えてくれた。

それはずっと兄が水面下で進めていたことだった。

「ネースティア公爵が、力になってくれたの」

「え、お父様が?」

「ええ。ライードを、公爵家の養子にしてくれたのよ。私は、そのライードと婚約する予定なの」

ならばカミラも愛する人と離れることなく、幸せになることができる。

「よかった……。本当に」

両手を祈るように組み合わせて、心からそう言う。

「ああ。それにライードには王配になるだけではなく、ネースティア公爵家も継いでもらう」

だが、続いた兄の言葉にはさすがに驚いた。

「え、お兄様？　公爵家はお兄様が」

「俺はこの国に残る」

ずっと前から決めていたのだろう。

兄は迷いのない口調でそう言うと、ノエリアを見た。

「今となってはロイナン王家の直系に近いのは、アルブレヒトとノエリア、そして俺だけだ。公爵家ではなくロイナン王国の王族として生きることを、父は許してくれた」

この国に残ると言ったときから、兄はもう決めていたのだろう。

王族としての義務はもちろん、これから様々な困難に立ち向かっていかなければならないアルブレヒトを、傍《そば》で支えていく。

あの日の誓いを果たすために。

そしてライードも、取り潰された家を復興させるよりも、カミラとともにイースィ王国で生きる決意をした。

彼もかなり迷ったに違いない。

それでも最後には、カミラと生きる道を選んだ。

「お父様」

その後、様子を見に来てくれた父に、ノエリアは駆け寄った。

父はすべてを受け入れた優しい顔で、黙って頷《うなず》いてくれた。

父は母を愛していた。

母の忘れ形見である兄と自分を、とても大切にしてくれた。

それでもふたりが望む方向に行けるように、自由に生きることを許してくれた。

それに父は、ひとりになるのではない。

ライードとカミラが新しい家族として、父と一緒にいてくれる。

「カミラ様。どうか父を、お願いいたします」

「もちろんよ。私の義父になるのだから」

カミラはそう言って、嬉しそうに笑った。

そうして彼女は、婚約者となるライードと、義理の父となるノエリアの父とともに、会場に戻って行った。

「……アルは、お兄様の決断に何と言っていたの？」

そう尋ねると、兄は軽く首を傾《かし》げて笑う。

「もっとよく考えたほうがいいと言われた。だが、もう俺の心は決まっていた」

兄の決意は、ノエリアが思っていたよりもずっと固いようだ。

「私も、お兄様が一緒なら心強いわ」

だからノエリアはそれだけを兄に告げる。

「ああ。ふたりでアルブレヒトを支えて行こう」

これから新しい生活が始まる。

ノエリアはロイナン王国の王妃として、この国のために力を尽くすつもりだ。

不安もあるが、ノエリアの傍にはいつも、愛するアルブレヒトがいる。

結婚式の後。

アルブレヒトはあの山間の邸宅のように、ノエリアに本がたくさんある書斎をプレゼントしてくれた。この国の言葉で書かれている本は、今まで読んだことのないものばかりだ。

「ノエリア。君の人生が、今まで読んだ物語よりも幸せなものになるように、力を尽くそう」

そう言って抱きしめてくれる最愛の夫に、ノエリアも微笑む。

「私はあなたがいてくれるなら、いつだって幸せよ」

もう二度と、離れることはない。

たとえ長い月日が経過して、約束の白薔薇が枯れてしまうようなことがあっても、この愛が枯れることはないだろう。

あとがき

こんにちは、櫻井《さくらい》みことです。

この度は、『冷遇されるお飾り王妃になるはずでしたが、初恋の王子様に攫われました！』をお手に取っていただき、ありがとうございました。

大好きなレーベルで、４冊目の本を発行していただくことができて、感無量です。

本当にありがとうございます。

今回のお話は、ややシリアスな恋愛ファンタジーで、構想だけは何年も頭の中にあったものです。

いつか形にしたいと思いつつも、なかなか思い通りに書けず、何回か書き直しをしました。執筆当時とは少しストーリーも変わってしまいましたが、ようやく完結させることができました。

大変だったこともあり、思い入れも深い小説となりました。

それを、こんなに素晴らしい本にしていただいて、とても有り難いです。

素晴らしい表紙、挿絵を描いてくださったのは、古都《ふるみや》アトリ先生です。

細部まで書き込まれた、透明感のある美しいイラストを最初に拝見した際は、本当に感動しました。

ずっと構想だけだったノエリアとアルを、こんなに素晴らしいイラストで表現していただき、ありがとうございました。

古都アトリ先生に描いていただけて、ノエリアたちも幸せです。

さらに今作も、コミカライズを漫画アプリ「Ｐａｌｃｙ」で先行連載していただいております。

作画を担当していただいているのは、青水ビビ先生です。

青水《あおみず》ビビ先生の描かれるノエリアは、とても前向きで健気です。過酷な状況にもかかわらず、自分にできることを一生懸命にやろうとしていて、見ていて応援したくなる素敵なヒロインにしていただいております。

毎回、細やかに綺麗に描いていただき、何よりも台詞やモノローグがとても素敵なので、ぜひ、漫画のほうもお読みいただければと思います。

青水ビビ先生、これからもノエリアたちをどうぞよろしくお願いいたします。

最後に、連載中に読んでくださった皆様。

漫画を先に読んで、小説も手にとって下さった皆様。

いつも大変お世話になっております、編集者様。

そして本の制作に関わってくださったすべての方に、心から感謝を。

ありがとうございました。

これからも精一杯頑張りますので、どうぞよろしくお願いいたします。

またお会いできることを祈って。

櫻井みこと

Special Thanks

お世話になった全ての方々にこの場を
お借りし御礼を申し上げます。

とりわけ、担当編集様、編集部の皆様、
櫻井先生、この本の出版、
販売に携わってくださった皆様、
支えてくれた方、励ましてくれた方、

そして、この本を手にとってくださった
貴方様に心から感謝しております。
ありがとうございました！

古都アトリ

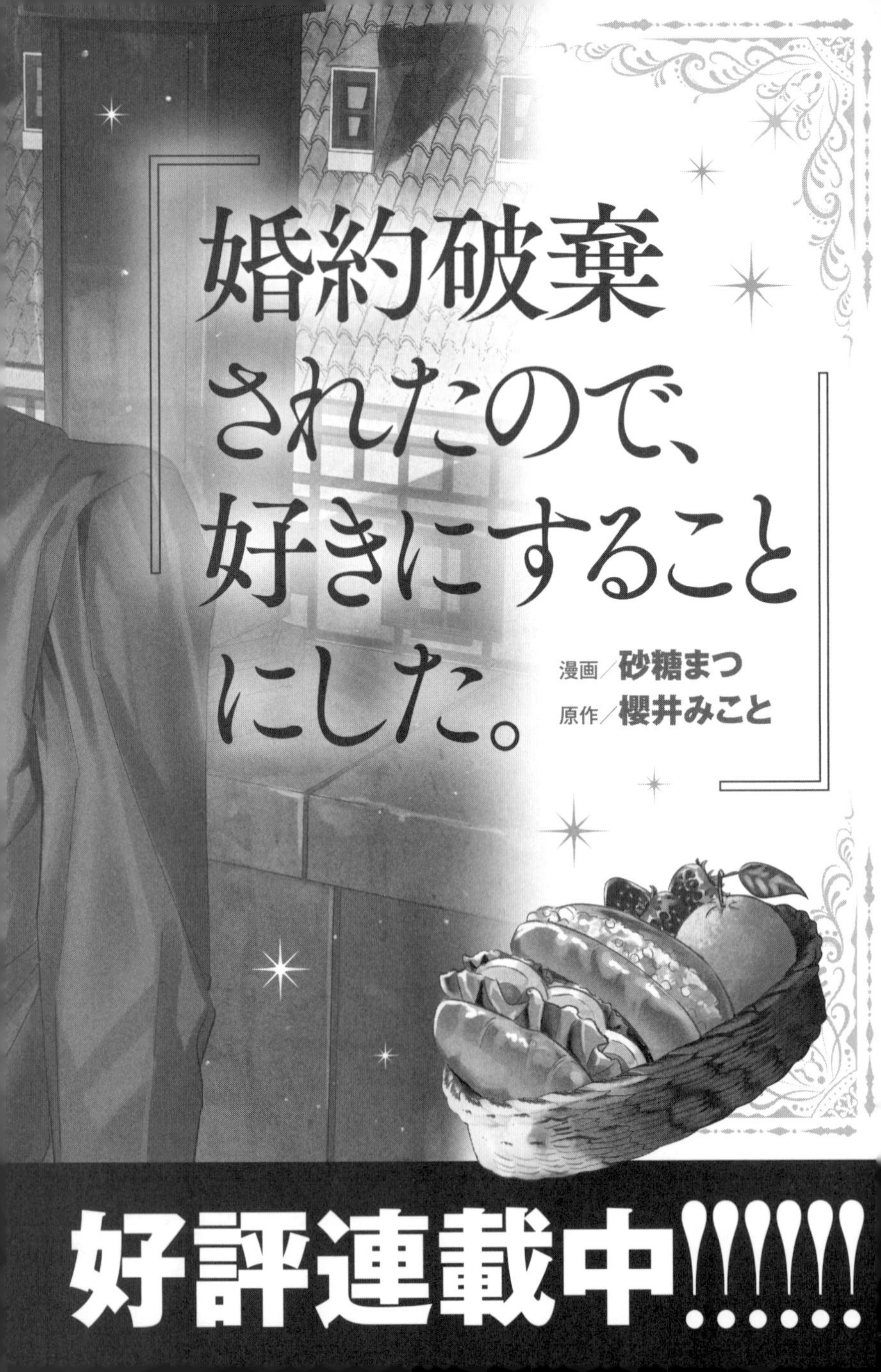

『婚約破棄されたので、好きにすることにした。』
漫画／砂糖まつ
原作／櫻井みこと
好評連載中!!!!!!

今さら謝っても、もう遅い！
私は自由を謳歌しますから!!

Kラノベブックスf

冷遇《れいぐう》されるお飾《かざ》り王妃《おうひ》になるはずでしたが、初恋《はつこい》の王子様《おうじさま》に攫《さら》われました！

櫻井《さくらい》みこと

2025年3月31日第1刷発行

発行者　安永尚人
発行所　株式会社 講談社
〒112-8001　東京都文京区音羽2-12-21
電話　出版　(0　　95-3715
販売　　5-3608
5-3603
コユイ（ムシカゴグラフィクス）
作
ロダクツ
製本所　株式会社　ネット社

KODANSHA

ISBN978-4-06-538989-8　N.D.C.913　259p　19cm
定価はカバーに表示してあります

ファンレター、
作品のご感想を
お待ちしています。

あて先
〒112-8001　東京都文京区音羽2-12-21
(株) 講談社　ライトノベル出版部 気付
「櫻井みこと先生」係
「古都アトリ先生」係

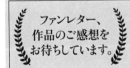